◆ 이상한 나라의 앨리스 ◆
**Alice's
Adventures
in Wonderland**

Dear. _____

◆ 이상한 나라의 앨리스 ◆

걸 클래식 컬렉션

비밀의 화원

비밀의 화원

프랜시스 호지슨 버넷

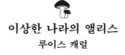

키다리 아저씨

진 웹스터

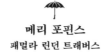

이상한 나라의 앨리스

루이스 캐럴

메리 포핀스

패멀라 린던 트래버스

◆ 이상한 나라의 앨리스 ◆

Alice's Adventures in Wonderland

루이스 캐럴 지음 | 고정아 옮김

윌북

Alice's Adventures in Wonderland by Lewis Carroll

Illustration by John Tenniel

◆ 차례 ◆

앨리스를 위한 기도

◆

이다혜(작가, 기자)

"고양이를 안 좋아한다고!" 생쥐가 격렬하게 외쳤다. "네가 나라면 고양이를 좋아하겠니?"

"안 좋아할 것 같아." 앨리스가 부드럽게 말했다. "너무 화내지 마. 하지만 우리 고양이 다이나를 본다면 좋을 텐데. 다이나를 보면 고양이도 좋아질 거야. 다이나는 정말로 사랑스럽고 얌전한 고양이거든." 앨리스가 천천히 눈물 웅덩이를 헤엄치면서 혼잣말을 하듯 중얼거렸다.

하얀 토끼가 보이면 따라가야 한다. 이것은 책에서 길을 잃는 아이들의 숙명. 이야기가 손짓하는 쪽으로 눈을 돌린다, 발을 놀린다. 꿈속에 있는 것처럼 어떤 사물들은 막연한 듯

선명하게, 현실의 무언가를 연상시킨다. 꿈처럼 모든 것이 이상하리만치 생생하고 농담처럼 거대하거나 작다. 있을 수 없는 일이라는 생각을 하면서도 믿기를 멈추기 어렵다. 말이 되는 것 같던 대화는 말장난으로 끝난다. 뜻을 파악하려는 목표는 수포로 돌아가지만, 그럼에도 불구하고 무슨 말인지 알 것만 같다. 영원히 다시 읽을 수 있는 소설 중 하나가 『이상한 나라의 앨리스』인 이유다.

　『이상한 나라의 앨리스』번역 검수를 한 적이 있었다. 그때 같이 일하던 팀 전체가 머리를 싸매고 매달렸던 기억이 있다. 소설 전체가 산문시 같다고 해야 하나. 온갖 단어가 상징이 될 수 있는 상황에 '번역'이라는 일대일 대응어를 찾는다는 (거의 무용해 보이기까지 하는) 노력을 기울이다 보니 한 명씩 루이스 캐럴을 저주하기 시작했다. 나 역시 예외는 아니었으며, 아마도 그렇기 때문에 『이상한 나라의 앨리스』번역본은 영원히 새로 나오겠구나 생각하기도 했다. 그리고 언제나 새로운 번역에는 새로운 즐거움이 있으리라고.

　예를 들어, 이 책에는 '뜻'이라는 단어가 많이 나온다. 등장인물끼리도 어지간히 말이 통하지 않는다는 말이다.

　첫번째는 애벌레와 앨리스의 대화. 애벌레가 물 담배를 피우다가 앨리스에게 누구냐고 묻자, 앨리스는 약간 기가 죽어서 "저…… 저도 지금은 잘 모르겠어요. 아침에 일어났을 때는 제가 누구인지 알았는데, 그 뒤로 여러 번 바뀌었다는 생각이 들어서요"라고 답한다. 문장은 술술 읽히는데 이게 무슨 말이지 싶어지는 게 나 하나만은 아닐 것이다(하지만 소설을 읽어온 독자들은 앨리스가 왜 이렇게 말하는지 분명히 '알고' 있다). 애벌레는 묻는다. "무슨 뜻이니? 네가 누구인지 설명해봐!"

이번에는 3월 토끼와 앨리스의 대화. 시작은 모자장이의 수수께끼다. "갈까마귀하고 책상의 공통점이 뭐지?" 앨리스는 답을 맞힐 생각에 신난다. 3월 토끼는 답을 찾을 수 있겠느냐면서 생각하는 대로 말하라고 한다. 앨리스는 답한다. "어쨌든 제가 말하는 대로 생각한다고요. 둘 다 같은 말이지만요." 그러자 모자장이는 간단해 보이던 답을 한 번 더 생각하게 만든다. "전혀 달라! 그렇다면 '먹는 걸 본다'나 '보는 걸 먹는다'나 같은 뜻이라는 거잖아!"

하나만 더 살펴보자. 이번에는 공작과 앨리스의 대화다. 공작은 말한다. "쯧쯧, 이 세상에 교훈이 없는 건 없어! 네가 찾지 못할 뿐이지." 뾰족한 턱을 앨리스의 어깨에 얹는 공작이 싫은데도 앨리스는 무례한 아이가 되기 싫어서 최대한 참는다. 그리고 대화가 흘러가게 하려고 이렇게 말한다. "이제는 경기가 좀 더 잘 돌아가겠네요." 공작의 답, "그래. 그 교훈은 말이지……. '아, 세상을 돌아가게 하는 건 사랑이로다!'

라는 거야." 앨리스는 이 말에 어떻게 반응할까? "세상을 돌아가게 하는 건 모든 사람이 자기 일에만 신경을 쓰는 거라고 들었는데요!" 이에 대한 공작의 말. "그래! 거의 같은 뜻이야."

아이들은 성장하면서 어른들의 말을 배우고 세계를 파악해나간다. 알 것 같지만 설명하기 어렵고, 이해했다고 생각하지만 돌아서면 고개를 갸웃하게 되는 세계에서, 앨리스는 계속 모험을 이어나간다. '이상한 나라'는 우리가 어른이 되는 과정에서 익히고 적응해야 했던 어른의 세계 그 자체일 것이며, 이 세계는 혼란으로 가득 차 있고 뜻이 다른 것들을 같다고 믿는 사람들의 집합체라는 사실을 책을 읽는 어른들은 알아차리게 된다. 말이 통하지 않는 사람들끼리 말이 통하는 것처럼 대화를 나눈다. 그 사이에서 오직 아이들만이, 뜻이 통하지 않는 것들을 찾아낸다. 혹은 자신이 정말 인지한 것 그 자체를 숙고할 줄 안다.

『이상한 나라의 앨리스』는 루이스 캐럴이 지인의 11살 난 딸을 위해 창작한 이야기이며, 그는 소녀들을 대상으로 한 소설을 반복 창작했다. 그가 소아성애자일 가능성에 대한 추론은 『이상한 나라의 앨리스』를 읽는 21세기 독자들이 허투루 생각할 일이 아니다.

하얀 토끼를 따라 숲속으로 사라지는 소녀의 뒷모습에서 공포를 느끼지 않아도 되려면 무엇이 필요할까. 수수께끼를 풀어야 할 사람은 세계의 어른들이다. 앨리스가 이상한 나라에서도 영원히 안전할 수 있도록. 그리고 길을 잃는 매 순간이 건강한 모험이 될 수 있도록.

황금빛 햇살 가득한 오후에
우리는 천천히 미끄러져 가네.
우리의 노 두 개를 젓는 것은
솜씨 없는 작은 팔들이니까.
작은 손들이 우리 방랑을
인도하는 척 시늉하네.

잔인한 세 아가씨! 이런 시간에
이렇게 몽롱한 날씨에
작은 깃털도 못 흔들 만큼
허약한 자에게 이야기를 해달라니!
하지만 단합한 세 목소리에
불쌍한 한 목소리가 어떻게 대항할까?

첫째는 오만하게
'시작하라'고 명령하고,
둘째는 부드러운 목소리로
'허무맹랑한 내용'을 요청하네!
셋째는 1분이 멀다 하고
이야기를 중단시키지.

세 아이들은 침묵 속에 곧
환상에 잠겨서 꿈속 아이를 쫓아
신기한 것 가득한

이상한 나라에 가서
동물들과 대화하는 이야기를
반쯤은 진짜처럼 믿네.

상상의 우물이 말라서
이야깃거리가 떨어지면
지친 이야기꾼은 그만두려고
시도하지. "나머지는 다음에."
그러면 "이번이 다음이에요!"
명랑한 목소리가 합창하네.

그렇게 이상한 나라 이야기가 생겨났다네.
천천히, 하나씩 하나씩.
신기한 사건들이 생겨나면서
어느새 이야기가 완성되었네.
그리고 즐거운 우리 뱃놀이꾼들은
이제 노을 아래 집으로 돌아가네.

앨리스! 아이 같은 이 이야기를 가져다가
부드러운 손길로 놓아두렴.
어린 시절 꿈이 엮이어
기억의 신비한 띠를 이루는 곳에.
순례자가 먼 나라에서 꺾어 와
이제는 시들어버린 화환처럼.

토끼 굴로

앨리스는 강둑에서 언니 옆에 앉아 아무 일도 하지 않는 게 차츰 지겨워졌다. 언니가 읽는 책을 한두 번 들여다보기도 했지만, 책에는 그림도 없고 대화도 없었다. '그림도 대화도 없는 책이 대체 무슨 소용이람?' 앨리스는 생각했다.

그래서 앨리스는 데이지꽃 목걸이를 만들어볼까, 그러려면 일어나서 데이지꽃을 꺾어야 하는데 그런 수고를 할 만한 가치가 있을까, 생각해보았다(생각이 잘 되지는 않았다. 날이 더워서 졸리고 멍해졌기 때문이다). 그때 갑자기 분홍색 눈에 털이 하얀 토끼가 깡충깡충 뛰어서 옆을 지나갔다.

그렇게 특별한 일은 아니었다. 앨리스도 토끼가 "이런, 이런! 이러다 늦겠군!" 하고 말하는 걸 들었지만 별로 이상하게 여기지 않았다. (나중에 돌이켜보니 그때 놀라야 했던 것 같지만, 그때는 자연스럽게만 느껴졌다.) 하지만 토끼가 '조끼 주

17

니에서 시계를 꺼내 보고' 급하게 달려가자, 앨리스는 자리에서 벌떡 일어났다. 토끼가 조끼를 입은 모습도, 그 주머니에서 시계를 꺼내 보는 모습도 본 적이 없었기 때문이다. 앨리스는 호기심에 사로잡혀 토끼를 따라 달려갔고, 다행히 토끼가 산울타리 아래 커다란 토끼 굴로 들어가는 모습을 놓치지 않고 볼 수 있었다.

다음 순간 앨리스도 토끼를 따라 그리 들어갔다. 거기서 어떻게 나올까 하는 걱정은 전혀 하지 않았다.

토끼 굴은 한동안 터널처럼 앞으로 쭉 뻗어 있다가 갑자기 아래로 확 꺾였다. 그 변화가 너무 갑작스러워서 앨리스는 미처 멈춰 서지 못하고 깊은 우물 같은 곳으로 후욱 떨어지고 말았다.

　우물이 아주 깊거나, 아니면 앨리스가 아주 천천히 떨어지는 모양이었다. 떨어지면서 이제 어떻게 되는 걸까 생각해 볼 시간이 많았기 때문이다. 앨리스는 아래쪽이 어떤지 보려고 했다. 하지만 너무 어두워서 아무것도 보이지 않았다. 우물 벽면에는 캐비닛과 선반이 가득했고, 지도와 그림이 여기저기 못에 걸려 있었다. 앨리스는 내려가면서 한 선반 위에 놓인 병 하나를 집어 들었다. 겉에 **오렌지 마멀레이드**라고 적혀 있었지만, 실망스럽게도 빈 병이었다. 앨리스는 아래쪽에서 누가 맞아 죽을까 봐 병을 떨어뜨리지 않고 눈에 보이는 캐비닛 한 곳에 넣었다.

　'이렇게 오랫동안 떨어지다니, 앞으로 계단에서 구르는 일 같은 건 아주 가볍게 여기게 되겠어!' 앨리스는 생각했다. '그런 날 보면 식구들이 얼마나 용감하다고 할까! 이제 지붕에서 떨어져도 아무 말 안 할 거야!' (그것은 사실일 가능성이 높았다.)

　아래로

　아래로

　아래로

추락은 끝없이 이어질 것만 같았다!

"지금까지 몇 킬로미터를 떨어진 걸까?" 앨리스가 소리 내서 말했다. "지금쯤 지구 중심에 가까워지지 않았을까? 그게…… 6,400킬로미터라고 했던가……." (앨리스는 학교에서 이런 종류의 지식을 약간 배웠다. 하지만 지금은 아는 걸 자랑하기에 별로 좋은 때가 아니었다. 들어줄 사람이 아무도 없었기 때문이다. 하지만 입으로 소리 내서 지식을 익히는 것은 좋은 방법이다.) "그래, 그 정도 될 거야. 하지만 그러면 위도와 경도는 어떻게 되는 거지?" (앨리스는 위도가 뭔지 몰랐고 경도 역시 몰랐지만, 그 말들이 똑똑한 느낌을 주는 게 좋았다.)

앨리스는 잠시 후 다시 말했다. "이러다가 지구를 뚫고 나가는 건 아닐까? 사람들이 물구나무를 서서 다니는 곳에 가면 얼마나 재미있을까? 대적점이라고 하던가?" (앨리스는 이번에는 아무도 듣지 않는 걸 다행으로 여겼다. 뭔가 틀린 것 같았기 때문이다.) "하지만 나라 이름은 물어봐야 할 거야. '안녕하세요, 여기가 뉴질랜드인가요? 오스트레일리아인가요?'" (그렇게 말하면서 앨리스는 무릎을 굽혀 절을 하려고 했다. 허공을 가르고 떨어지면서 절을 하다니! 여러분도 그럴 수 있을까?) "그러면 그 사람은 참 멍청한 애구나 하겠지! 아냐, 물어볼 수 없어. 주변을 둘러보면 어딘가 써 있을 거야."

아래로, 아래로, 아래로 떨어지는 것밖에 달리 할 일이 없어서 앨리스는 다시 혼잣말을 시작했다. "내가 없으면 오늘 밤 다이나가 허전할 텐데." (다이나는 고양이다.) "식구들이 식사할 때 잊지 않고 다이나에게 우유를 줘야 할 텐데. 다이나! 네가 함께 왔다면! 물론 공중에 쥐는 없지만, 박쥐는 있을지 모르고, 박쥐는 쥐하고 비슷하잖아?" 앨리스는 어느덧 잠이 와서 졸린 목소리로 중얼거렸다. "고양이가 박쥐도 먹나? 고양이가 박쥐도 먹나?" 그러다가 가끔은 "박쥐가 고양이도 먹나?"가 되었다. 하지만 둘 다 답을 몰랐기 때문에 어떻게 말하든 상관이 없었다. 잠이 밀려왔고, 앨리스는 다이나의 손을 잡고 함께 산책하는 꿈을 꾸었다. 앨리스가 다이나에게 물었다. "다이나, 솔직히 말해줘. 너 박쥐 먹은 적 있어?" 그때 쿵! 투당! 소리가 나면서 앨리스가 낙엽 더미 위에 떨어졌고, 추락이 끝났다.

앨리스는 다치지 않았고, 그 자리에서 벌떡 일어섰다. 고개를 들어보니 위쪽은 어둠에 잠겨 있었다. 앞으로 기다란 통로가 뚫려 있었고, 하얀 토끼가 달려가는 모습이 보였다. 앨리스는 한 순간도 망설이지 않고 바람처럼 뛰어갔고, 토끼가 모퉁이를 돌면서 **"내 귀와 수염을 어찌 할꼬! 이렇게 늦다니!"** 하고 말하는 소리를 간신히 들었다. 거의 따라잡았다 싶었는데 모퉁이를 돌자 토끼가 보이지 않았다. 낮고 긴 복도가 이어졌고, 천장에 줄지어 매달린 램프들이 빛을 밝혔다.

복도 양옆에는 문이 아주 많았는데, 모두 잠겨 있었다. 앨리스는 복도 한쪽으로 내려갔다가 반대편으로 돌아오면서 문을 전부 열어보았지만, 결국엔 슬픈 얼굴로 여기서 어떻게 나갈 수 있을까 생각하며 복도 가운데를 걷게 되었다.

그런데 문득 다리 세 개짜리 유리 탁자가 눈앞에 나타났다. 탁자 위에는 작은 금색 열쇠만 놓여 있었고, 앨리스는 그 열쇠가 복도의 문 중 하나에 맞을 것 같다는 생각이 떠올랐다. 하지만 안타깝게도 자물쇠들이 너무 큰 건지 열쇠가 너무 작은 건지 문은 하나도 열리지 않았다. 다시 한번 복도를 둘러보니 조금 전까지는 못 본 키 낮은 커튼이 보였다. 커튼 안쪽에는 높이가 40센티미터 정도 되는 조그만 문이 있었다. 그 문의 자물쇠에 열쇠를 넣어보니 놀랍게도 딱 들어맞았다!

문을 열자 작은 통로가 나왔는데 크기가 쥐구멍 정도밖에 되지 않았다. 무릎을 꿇고 앉아 통로 안을 보니 그 끝에 아주 아름다운 정원이 보였다. 앨리스는 이 어둑어둑한 복도를 벗어나 화려한 꽃과 시원한 분수가 있는 그곳으로 가고 싶었지만, 문 안으로 머리도 들어가지 않았다. '머리가 들어간다고 해도 어깨 없이 머리만 가면 무슨 소용이야.' 앨리스는 생각했다. '접었다 폈다 하는 망원경처럼 키가 커졌다 줄었다 하면 얼마나 좋을까. 어떻게 시작하는지만 알면 그렇게

할 수 있을 텐데.' 조금 전부터 이상한 일이 하도 많이 일어
나서 앨리스는 이제 불가능한 일은 거의 없다는 생각이 들기
시작했다.

　작은 문 앞에서 기다려봐야 아무 소용이 없다는 걸 깨닫
고 앨리스는 유리 탁자로 돌아갔다. 그리고 거기 다른 열쇠
가 있거나 사람이 망원경처럼 늘어났다 줄어들었다 하는 법
을 알려주는 책이 있으면 얼마나 좋을까 생각했다. 그런데
이번에는 탁자 위에 작은 병이 있었다("좀 전에는 없던 거야."
앨리스가 말했다). 그리고 병에는 큼직하고 예쁜 글씨로 **날 마
셔요**라고 적은 종이가 붙어 있었다.

　영리한 앨리스는 "날 마셔요"라고 말은 해보았지만, 서
둘러 마실 생각은 없었다. "먼저 병을 잘 살펴보겠어. 혹시
'독약'이라고 적혀 있을지도 모르잖아." 앨리스는 아이들이

화상을 입거나 야생동물에게 잡아먹히는 이야기를 몇 가지 읽었는데, 하나같이 사람들이 단순한 규칙을 잊었기 때문에 그런 괴로운 일을 당하는 거였다. 예를 들면 빨갛게 달아오른 부지깽이를 오래 들고 있으면 화상을 입는다거나, 칼로 손가락을 깊이 찌르면 피가 난다거나 하는 것이었다. 앨리스는 '독약'이라고 써둔 병에 든 것을 마시면 오래지 않아 별로 좋지 않은 일이 벌어진다는 사실을 잊지 않았다.

하지만 이 병에는 '독약'이라는 표시가 없기에, 앨리스는 살짝 마셔보았다. 그랬더니 맛이 아주 좋아서(체리 파이, 파인애플, 칠면조 구이, 캐러멜, 버터를 바른 따뜻한 빵 맛이 났다) 금세 다 마셔버렸다.

"기분이 아주 이상한걸!" 앨리스가 말했다. "몸이 망원경처럼 줄어드는 것 같아."

실제로 그랬다. 앨리스는 키가 25센티미터로 줄어들었고, 이제 아름다운 정원으로 나갈 수 있겠다는 생각에 기분이 좋아졌다. 하지만 몸이 계속 줄어드는 건 아닌지 조금 더 기다려보았다. 앨리스는 약간 불안해졌다. "촛불이 다 타서 꺼지듯 나도 휙 사라지는 건 아닐까? 그러면 나는 어떻게 되는 거지?" 그래서 앨리스는 초가 다 녹고 난 후에 촛불이 어떻게 되는지 떠올려보려고 했다. 그런 건 본 기억이 나지 않았다.

아무 일도 일어나지 않자 앨리스는 곧바로 정원으로 나가려고 했다. 하지만, 이런! 문 앞으로 갔는데 금색 열쇠를 깜박하고 가져오지 않았다는 생각이 났고, 탁자로 돌아가 보니 이제는 거기에 손이 닿지 않았다. 유리 위에 놓인 열쇠는 아주 잘 보였다. 앨리스는 탁자 다리를 타고 올라가려고 했지만 너무 미끄러웠고, 결국 애를 쓰다 주저앉아서 울음을 터뜨렸다.

"그만해, 그렇게 울어봐야 소용없어! 당장 그만두는 게 좋아!" 앨리스가 꽤 강하게 자신을 다그쳤다. 앨리스는 자신에게 충고를 곧잘 하는 편이었고(그 충고를 따르지 않는 게 문제였지만), 때로는 꾸짖음이 너무 혹독해서 눈물을 터뜨리기도 했다. 한번은 혼자서 양편을 다 맡아서 크로케 경기를 하다가 속임수를 썼다며 자기 따귀를 때리려고 한 적도 있다. 이렇듯 이 호기심 많은 아이는 두 사람 역할 하기를 아주 좋아했다. "하지만 이제 두 사람인 척해봐야 소용없어." 앨리스가 한탄했다. "지금은 한 사람 몫도 제대로 할 수 없는걸!"

잠시 후 앨리스의 눈길이 탁자 아래 있는 작은 유리 상자에 닿았다. 상자를 열어보니 안에 건포도로 **날 먹어요**라는 글씨를 예쁘게 새긴 아주 작은 케이크가 있었다. "이걸 먹겠어." 앨리스가 말했다. "이걸 먹고 몸이 커지면 열쇠를 가져올 수 있고, 작아지면 문 밑으로 기어 들어갈 수 있을 거야. 어떻게든 정원으로 갈 거니까, 어느 쪽으로 변하든 상관없어!"

앨리스는 케이크를 살짝 맛보고는 불안하게 "어느 쪽이지? 어느 쪽이지?" 하고 중얼거렸다. 그리고 어느 쪽으로 변하는지 느껴보려고 정수리에 손을 얹었는데, 놀랍게도 몸 크기는 그대로였다. 물론 케이크를 먹을 때는 원래 그런 게 정상이지만, 워낙 이상한 일을 기대하고 있다 보니 이런 평범한 상황은 밋밋하고 재미없었다.

그래서 앨리스는 케이크를 다시 먹기 시작해서 어느덧

모조리 먹어치웠다.

      *   *   *   *   *   *

       *   *   *   *   *

      *   *   *   *   *   *

눈물 웅덩이

"갈수록 괴상나른해!" 앨리스가 소리쳤다(앨리스는 놀란 나머지 잠시 어떻게 말해야 하는지 잊었다). "이제 내 몸이 지상 최대의 망원경처럼 커지고 있어! 발들아, 안녕!" (이제 발이 너무 멀어져서 거의 보이지 않을 지경이었다.) "내 불쌍한 발들. 이제 누가 너희에게 양말과 스타킹을 신겨줄까? 나는 못 할 것 같아. 너희를 신경 쓰기에는 거리가 너무 멀어졌어. 이제 너희끼리 알아서 해야겠다……. 그렇지만 난 발들에게 잘해줘야 해." 앨리스는 생각했다. "안 그러면 내가 가고 싶은 데로 안 데려다줄지도 몰라! 그러니까 크리스마스 때마다 새 신발을 사줄 거야."

그리고 앨리스는 선물을 전할 방법을 생각해보았다. "배달원이 전해줘야 할 거야. 자기 발한테 선물을 보내다니 얼마나 웃길까! 주소가 얼마나 이상할까!"

난로 앞

　깔개 위

　　앨리스의 오른발님

　　　(앨리스가 사랑을 담아)

"아, 내가 무슨 헛소리를 하는 거지?"

그때 앨리스의 머리가 복도 천장에 부딪혔다. 이제 키가 3미터 가까이 되었기 때문이다. 앨리스는 얼른 금색 열쇠를 집어 들고 정원 문으로 달려갔다.

불쌍한 앨리스! 앨리스가 할 수 있는 일은 옆으로 누워서 한쪽 눈으로 정원을 내다보는 게 전부였다. 전보다 통로를 지나갈 가망이 훨씬 더 없었다. 앨리스는 일어나 앉아서 다시 울음을 터뜨렸다.

"부끄럽게 이게 뭐니?" 앨리스가 말했다. "너처럼 큰 아이가(그렇게 말할 만했다) 이렇게 자꾸 울다니! 당장 뚝 못 해!" 그래도 앨리스는 눈물을 펑펑 흘렸고, 그래서 주변에 깊이가 10센티미터는 되고 복도를 절반쯤 덮는 커다란 웅덩이가 생겨났다.

얼마 후 멀리에서 작은 발소리가 들려서 앨리스는 무엇인지 보려고 허겁지겁 눈물을 닦았다. 하얀 토끼가 돌아오고 있었다. 한껏 차려입은 토끼가 한 손에는 흰색 염소가죽 장갑을, 다른 손에는 큼직한 부채를 든 채 급하게 종종거리며 혼자 중얼거렸다. **"아, 공작님! 내가 늦어도 너무 화내지 않으셨으면!"** 앨리스는 누구에게라도 도움을 부탁하고 싶었다. 그래서 토끼가 다가오자 겁먹은 목소리로 "저기요……" 하고 말을 걸었다. 그랬더니 토끼는 깜짝 놀라서 흰 가죽 장갑과 부채를 떨어뜨리고는 어둠 속으로 쏜살같이 달려갔다.

앨리스는 부채와 장갑을 집어 들었다. 복도가 더워서 부채질을 하면서 말했다. "이런! 오늘은 정말 모든 게 다 이상해! 어저께는 모든 게 평범했는데! 내가 밤 사이에 변한 건가? 아침에 일어났을 때는 똑같았나? 뭔가 약간 달랐던 것

같기도 한데? 하지만 내가 달라졌다면, 다음 질문은 내가 도대체 누구냐는 거야. 아, 정말 큰 수수께끼인걸!" 그리고 앨리스는 주변 동갑내기들을 하나하나 떠올리며, 자신이 그들 중 하나로 변한 게 아닌가 생각해보았다.

"에이다는 아니야." 앨리스가 말했다. "에이다는 머리카락이 도르르 말려 내려가는 곱슬머리인데, 내 머리는 전혀 곱슬거리지 않아. 메이블도 아니야. 나는 많은 걸 아는데, 메이블은 아는 게 없으니까! 그 애는 그 애고, 나는 나야……. 그런데 잘 모르겠어! 전에 알던 걸 지금도 다 아는지 한번 봐야겠다. 4 곱하기 5는 12, 4 곱하기 6은 13, 4 곱하기 7은…… 아, 이러다가 언제 20이 돼? 하지만 구구단은 중요하지 않아. 지리로 하자. 런던은 파리의 수도, 파리는 로마의 수도, 로마는…… 아, 다 틀린 것 같아! 정말 메이블로 변했나 봐! 그 시를 외워봐야지……." 앨리스는 수업 내용을 암송하듯 두 손을 무릎에 포개놓고 시를 읊어보았지만, 목소리가 거칠고 이상한 데다 시구절도 예전처럼 자연스럽게 나오지 않았다.

꼬마 악어는
꼬리를 어떻게 단장하나?
황금 비늘 하나하나
나일 강물로 목욕시키지.

밝은 미소를 짓고

발톱을 산뜻하게 편 뒤

미소 짓는 입 속으로

작은 고기들을 맞이하네.

"이게 아닌 것 같아." 앨리스가 말했다. 정말 그랬다. 그 시는 원래 '꼬마 꿀벌' 이야기지 악어 이야기가 아니었기 때문이다(이 책에 나오는 시들은 대체로 원래 있는 유명한 시나 동요를 바꾼 것이다-옮긴이). 눈에 눈물이 다시 차올랐다. "아무래도 메이블인가 봐. 나는 그 좁은 메이블네 집에 가서 장난감도 없이 살아야 할 거야. 거기다 배울 건 얼마나 많은지! 그래, 결심했어. 내가 메이블이라면 차라리 여기서 계속 살 거야! 사람들이 여기를 들여다보면서 다시 올라오라고 해도 소용없어. 사람들에게 이렇게 말할 거야. '그러면 내가 누구인지 먼저 말해 주세요. 그 사람이 괜찮은 사람이면 올라갈게요. 하지만 그게 아니라면 다른 사람이 될 때까지 여기 있을래요.' 그런데, 아!" 앨리스는 다시 눈물을 터뜨리며 소리쳤다. "제발 사람들이 여기를 들여다보았으면! 이제 여기 이렇게 혼자 있는 거 지겨워졌어!"

앨리스는 이렇게 말하면서 손을 내려다보다가, 자신이 혼잣말을 하면서 한 손에 토끼의 흰 가죽 장갑을 꼈다는 사실을 알고 깜짝 놀랐다. "어떻게 된 거지? 내가 다시 작아졌나 봐." 이런 생각이 들자, 앨리스는 일어서서 키를 알아보려고 탁자 앞으로 갔다. 그랬더니 이제 자기 키가 60센티미터 정도고, 계속 빠른 속도로 작아지고 있다는 걸 알 수 있었다. 손에 든 부채 때문이었다. 앨리스는 황급히 부채를 떨구어서 간신히 몸이 사라지는 일을 피했다.

"휴, 아슬아슬했어!" 앨리스가 말했다. 갑작스런 변화가 놀라웠지만, 어쨌든 자신이 사라지진 않았으니 다행이었다. "이제 정원으로 가자!" 앨리스는 다시 작은 문으로 갔다. 하지만 안타깝게도 작은 문은 또 닫혀 있었고, 금색 열쇠는 아까처럼 유리 탁자에 놓여 있었다. '최악이야.' 앨리스는 생각했다. '이렇게까지 작아진 건 처음이니까! 이건 정말정말 나쁜 일이야!'

이렇게 말하는데, 한쪽 발이 미끄덩하더니 앨리스가 첨벙! 하고 짠맛 나는 물에 턱까지 잠겨버렸다. 처음에는 바다에 빠졌나 보다 생각했다. '그러면 기차를 타고 집에 갈 수 있어.' (앨리스는 평생 바닷가에 딱 한 번 가보았는데, 그 뒤로 영국 바닷가에는 모두 간이 탈의실과 모래성 쌓는 아이들과 여관 골목이 있고, 그 뒤편으로 기차역이 있다고 생각했다.) 하지만 앨리스는 곧 그 물이 자기 키가 3미터 가까이 되었을 때 흘린 눈물 웅덩이라는 것을 깨달았다.

"그렇게 펑펑 우는 게 아니었어!" 앨리스가 웅덩이 밖으로 나가려고 이리저리 헤엄치면서 말했다. "너무 많이 운 벌로 나는 내 눈물에 빠져 죽을 거야! 그건 정말로 이상한 일이겠지만, 오늘은 모든 게 이상하니까."

그때 근처에서 무언가 첨벙거리는 소리가 들려서 앨리스는 무엇인지 알아보려고 그리로 헤엄쳐 갔다. 처음에는 바다코끼리나 하마인가 했는데, 생각해보니 자신은 지금 아주 조그마했고, 그것은 자기처럼 물에 빠진 생쥐일 뿐이란 걸 금세 알아봤다.

'생쥐하고 얘길 해보면 무슨 도움이 될까?' 앨리스는 생각했다. '여기는 모든 게 너무 이상해서 생쥐도 말을 할 수 있을 것 같아. 어쨌든 물어본다고 손해볼 건 없지.' 그래서 앨리스는 말을 걸었다. "오 생쥐, 이 웅덩이에서 나가는 길을 아

니? 헤엄치기 너무 힘들어. 오 생쥐!"(앨리스는 생쥐를 그렇게 불러야 할 것 같았다. 이전까지 생쥐를 불러본 적은 없지만, 오빠의 라틴어 문법책에서 '오 생쥐'라는 말을 본 적이 있었다.) 생쥐는 의심스러운 눈으로 앨리스를 보았고, 한쪽 눈을 찡긋한 것 같았지만 말은 하지 않았다.

'어쩌면 영어를 못 할지도 몰라.' 앨리스는 생각했다. '정복자 윌리엄과 함께 온 프랑스 생쥐일 수도 있어.'(앨리스는 역사를 많이 알았지만 연대는 온통 뒤죽박죽이었다.) 그래서 앨리스는 다시 말했다. "우 에 마 샤트(내 고양이는 어디 있니?)" 그것은 앨리스의 프랑스어 책에 가장 먼저 나오는 문장이었다. 생쥐는 물 밖으로 펄쩍 뛰어오르더니 공포에 부들부들 떨었다. "아, 미안해!" 앨리스는 생쥐를 기분 나쁘게 했다는 걸 깨닫고 서둘러 말했다. "네가 고양이를 안 좋아한다는 사실을 깜박했어."

"고양이를 안 좋아한다고!" 생쥐가 격렬하게 외쳤다. **"네가 나라면 고양이를 좋아하겠니?"**

"안 좋아할 것 같아." 앨리스가 부드럽게 말했다. "너무 화내지 마. 하지만 우리 고양이 다이나를 본다면 좋을 텐데. 다이나를 보면 고양이도 좋아질 거야. 다이나는 정말로 사랑스럽고 얌전한 고양이거든." 앨리스가 천천히 눈물 웅덩이를 헤엄치면서 혼잣말을 하듯 중얼거렸다. "난로 앞에 앉아서 얌전하게 가릉가릉거리면서 발을 핥고 얼굴을 닦아. 품에 안으면 얼마나 폭신폭신한지 몰라. 그리고 쥐도 정말 잘 잡아. 아, 미안해!" 앨리스가 다시 소리쳤다. 생쥐의 온몸에 털이 곤두선 것이 이번엔 정말로 화가 난 게 분명했다. "싫다면 다시는 다이나 이야기를 하지 말자."

"하지 말자라니!" 생쥐가 꼬리 끝까지 부들부들 떨면서 외쳤다. "내가 그런 이야기를 꺼내기나 할 것 같아서? 우리 가족은 옛날부터 고양이를 싫어했어. 고양이는 아주 못되고 한심한 동물이야! 다시는 내 앞에서 그 이야기를 하지 마!"

"안 할게!" 앨리스는 이렇게 말하고 서둘러 화제를 바꾸었다. **"그…… 그럼…… 개는…… 좋아하니?"** 생쥐는 대답하지 않았고, 앨리스는 신이 나서 말을 이었다. "우리 집 근처에 아주 귀여운 강아지가 살거든! 눈이 초롱초롱한 테리어인데, 곱슬곱슬한 갈색 털이 정말 길어! 우리가 뭘 던지면 척척 물어다줘. 뒷다리로만 앉아서 밥 달라고 조르고, 별거 별거를 다 해. 난 그 절반도 기억 못 해. 강아지 주인은 농부 아저씨인데, 아저씨 말로는 강아지가 정말 쓸모가 많고 값어치가 100파운드도 넘는대! 쥐를 아주 잘 잡아서…… 아, 이런!" 앨리스는 낙심했다. "또 네 기분을 상하게 했구나!" 생쥐가 앨리스에게서 허겁지겁 떠나갔기 때문이다. 생쥐가 떠나면서 눈물 웅덩이가 상당히 요란하게 출렁거렸다.

그래서 앨리스는 조용히 생쥐를 불렀다. "생쥐야! 제발 돌아와줘, 네가 싫다면 고양이 이야기도 강아지 이야기도 안 할게!" 그 말을 듣자 생쥐는 몸을 돌려 천천히 앨리스에게 헤엄쳐 왔다.

생쥐 얼굴이 아주 창백했다(화가 나서 그렇다고 앨리스는 생각했다). 생쥐는 떨리는 목소리로 나지막하게 말했다 "일단 물가로 나가자. 그러면 너한테 내 이야기를 해줄게, 내가 왜 고양이와 개를 싫어하는지 알게 될 거야."

이제 나가야 할 때였다. 웅덩이는 이제 거기에 함께 떨어진 수많은 동물들로 상당히 붐볐기 때문이다. 오리, 도도새, 진홍앵무, 새끼 수리가 있었고, 그밖에도 신기한 동물이 여럿 있었다. 앨리스가 앞서서 헤엄쳤고, 동물들이 그 뒤를 따라 웅덩이 밖으로 나갔다.

당 대회 경주와 긴 이야기

물가에 모인 동물들은 확실히 괴상했다. 새들은 깃털이 바닥에 끌렸고, 들짐승들은 털이 몸에 찰싹 달라붙어 있었다. 그리고 모두 짜증과 불쾌함에 싸인 채 물을 뚝뚝 흘렸다.

그들에게 닥친 첫 번째 과제는 몸 말리기였다. 그들은 어떻게 몸을 말릴지 의논했는데, 시간이 조금 흐르자 앨리스는 그들과 평생 동안 알고 지내기라도 한 듯 자연스럽게 대화를 나누었다. 사실 앨리스는 진홍앵무와 꽤 오래 의견을 다퉜고, 결국 앵무새는 삐쳐서 "내가 너보다 나이도 많고 아는 것도 많아" 하고 말했다. 그래서 앨리스가 몇 살이기에 그렇게 말하느냐고 물었지만 앵무새는 나이를 밝히지 않았고, 대화는 거기서 끝났다.

마침내 그들의 지도자인 것처럼 보이는 생쥐가 큰 목소리로 소리쳤다. **"모두 앉아서 내 말 들어! 그러면 모두 몸이**

마를 거야!"

그들은 곧장 생쥐를 중심으로 큰 원 모양을 만들어 둘러 앉았다. 앨리스는 기대에 차서 생쥐를 바라보았다. 얼른 몸을 말리지 않으면 감기에 걸릴 것 같았기 때문이다.

"흠! 모두 들을 준비됐어?" 생쥐가 거드름을 피우며 말했다. "이건 내가 아는 가장 메마른 이야기야. 모두 정숙! '정복왕 윌리엄이 영국을 정복한 뒤 교황이 그를 승인했고, 영국인들도 곧 그에게 복종했어. 그들은 지도자를 원했고, 약탈과 정복에는 이미 익숙했기 때문이지. 머시아 백작 에드윈과 노섬브리아 백작 머카가…….'"

"으!" 진홍앵무가 몸을 떨면서 말했다.

"잠깐, 지금 말했어?" 생쥐가 인상은 썼지만 예의 바른 목소리로 물었다.

"아니!" 진홍앵무가 다급하게 말했다.

"말한 거 같은데." 생쥐가 말했다. "……계속하겠어. '머시아 백작 에드윈과 노섬브리아 백작 머카가 지지 선언을 했고, 캔터베리의 애국적 대주교 스티건드도 그걸 보니…….'"

"뭘 봐?" 오리가 물었다.

"그걸 본다고 했잖아. '그것'이 뭔지 몰라?" 생쥐가 약간 화난 듯이 말했다.

"당연히 '그것'이야 알지." 오리가 말했다. "내가 주로 보는 '그것'은 개구리나 지렁이나 그런 거야. 그런데 대주교는 뭘 봤다는 거야?"

생쥐는 오리를 무시하고 다시 말을 이었다.

"……에드거 애슬링과 함께 가서 윌리엄을 만나고, 그에게 왕위를 주는 것이 바람직하다 생각했지. 윌리엄은 처음에는 점잖았어. 하지만 그와 함께 온 노르만인들의 무례함은…….' 이제 좀 어때, 친구?" 생쥐가 앨리스를 돌아보고 말했다.

"아직도 축축해." 앨리스가 우울한 목소리로 말했다. **"그 이야기는 나를 전혀 말려준 것 같지 않아."**

"그렇다면 정회를 발의합니다." 도도새가 일어서면서 엄숙하게 말했다. "그리고 즉각적으로 한층 강도 높은 처방을 채택해야 합니다."

"도대체 뭐라는 거야!" 새끼 수리가 말했다. "너무 어려운 말을 써서 반도 못 알아듣겠어. 아마 너도 모를 것 같은데!" 그리고 새끼 수리는 웃음을 감추려고 고개를 숙였다. 다른 새들은 소리 내서 키득거렸다.

"내가 하려는 말은……." 도도새가 기분 상한 목소리로 말했다. "우리가 몸을 말리는 데는 당 대회 경주가 가장 좋다는 거야."

"당 대회 경주가 뭐야?" 앨리스가 물었다. 사실 앨리스는 그다지 궁금하지 않았지만, 도도새가 누군가의 반응을 기다리듯 잠시 말을 멈추었는데, 아무도 입을 열 생각이 없어 보였기 때문이다.

"그걸 설명하는 가장 좋은 방법은 그걸 하는 거야." 도도새가 말했다.

(여러분이 겨울에 직접 그걸 해보고 싶을지도 모르기 때문에, 도도새가 어떻게 했는지 설명해주겠다.)

먼저 도도새가 약간 둥그스름하게 경주 코스를 그리자("정확한 모양은 중요하지 않아." 도도새가 말했다), 앨리스와 동물들이 코스 여기저기에 섰다. "하나, 둘, 셋, 빵!" 하는 신호는 없었고, 그들은 달리고 싶을 때 달리고 멈추고 싶을 때 멈추었다. 그래서 경주가 언제 끝나는지 알기가 어려웠다. 하지만 30분 정도 뛰어서 몸이 상당히 마르자 도도새가 소리쳤다. **"경주 끝!"**

그러자 모두가 도도새 앞에 모여서 숨을 헐떡이며 물었다. **"누가 이겼어?"**

도도새는 이 질문에 대답을 하려면 아주 많은 생각이 필요해서 한 손가락을 이마에 대고 오랫동안 앉아 있었다(셰익스피어 초상화에서 흔히 보는 자세였다). 나머지는 조용히 기다렸다. 마침내 도도새가 말했다. "모두 이겼고, 모두 상을 받아야 해."

"누가 상을 줘?" 모두가 일제히 물었다.

"당연히 얘지." 도도새가 앨리스를 가리켰다. 그러자 동물들이 곧장 앨리스에게 몰려갔다.

"상 줘! 상 줘!" 동물들이 정신없이 소리쳤다.

앨리스는 어떻게 해야 할지 몰랐고, 뭐라도 찾으려고 주머니에 손을 넣었더니 사탕통이 나와서(다행히 통 안에는 소금물이 들어가지 않았다), 사탕을 상으로 돌렸다. 모두에게 딱 한 개씩 돌아갔다.

"하지만 애도 상을 받아야지." 생쥐가 말했다.

"당연하지." 도도새가 심각하게 대답했다. "주머니에 또 뭐 없어?" 도도새가 앨리스를 돌아보며 물었다.

“골무밖에 없어.” 앨리스가 안타까워하며 말했다.

“이리 줘봐.” 도도새가 말했다.

그들은 다시 앨리스 앞에 모였고, 도도새는 엄숙하게 골무를 내밀면서 말했다. “이 아름다운 골무를 받아주기 바랍니다.”

새가 말을 마치자 모두가 환호성을 질렀다. 너무 바보 같다고 생각했지만 모두 너무 심각해서 앨리스는 감히 웃을 수가 없었고, 달리 할 말도 떠오르지 않아서 고개를 끄덕이고 최대한 심각한 표정으로 골무를 받았다.

다음 할 일은 사탕을 먹는 것이었다. 이 일은 약간의 소음과 혼란을 일으켰다. 큰 새들은 사탕 맛도 느낄 수 없다고 투덜거렸고, 작은 새들은 사탕이 목에 걸려서 누군가 등을 두드려주어야 했다. 하지만 마침내 사탕을 모두 먹고 나자, 그들은 다시 둥글게 모여 앉아서 생쥐에게 이야기를 더 해달라고 했다.

"나한테 네 이야기를 해준다고 했잖아." 앨리스가 말했다. "네가 '고' 어쩌고하고 '강' 어쩌고를 싫어하는 이유를 말해준다고." 앨리스는 생쥐의 기분을 상하게 할까 봐 약간 겁을 먹고 속삭여 말했다.

"그건 내 꼬리만큼 길고 슬픈 이야기지!" 생쥐가 말하고 앨리스를 돌아보면서 한숨을 쉬었다.

"그래, 확실히 네 꼬리는 길어." 앨리스가 생쥐 꼬리를 내려다보고 신기해하면서 말했다. "하지만 슬픈 이유는 뭐야?" 앨리스는 생쥐가 말하는 내내 그 의문을 풀지 못했고, 앨리스가 이해한 이야기는 이랬다.

퓨리가
집에서 만난
생쥐에게
말했어.
"같이 법원에
가자. 나
널 고소하겠어.
반박하지
마. 우리는
재판을 해야
해. 오늘 아침
난 정말로
할 일이
없거든."
그러자
생쥐가
똥개에게
말했어.
"배심원도
없고
판사도 없는
그런 재판은
힘만 낭비할
뿐이야."
"내가 판사가
되겠어. 배심원도
내가 해."
교활한 퓨리가
말했어.
"내가 사건
전체를
살펴보고
너에게
사형을
선고
하겠어."

"내 이야기 안 듣는구나! 무슨 생각을 하는 거니?" 생쥐가 앨리스를 꾸짖었다.

"미안해. 다섯 번 꼬부라졌지?" 앨리스가 고개를 떨구고 말했다.

"아니야!" 생쥐가 화를 왈칵 내면서 말했다.

"안이라고?" 앨리스는 언제나 남을 도울 준비가 되어 있었기에 주변을 둘러보면서 말했다. "그럼 내가 꺼내줄게!"

"그런 일은 안 해." 생쥐가 일어나서 다른 곳으로 가면서 말했다. "그런 어처구니없는 말로 나를 모욕하다니!"

"그럴 생각이 아니었어! 그런데 넌 너무 화를 잘 내!" 앨리스가 생쥐를 달랬다. 생쥐는 그르릉 소리로만 대답했다.

"제발 돌아와서 이야기를 마저 해줘!" 앨리스가 생쥐의 등뒤에 대고 소리쳤고, 다른 동물들도 앨리스와 함께했다. "그래, 제발!" 하지만 생쥐는 짜증스러운 듯 고개를 획획 젓고 더 빠른 걸음으로 떠나갔다.

"생쥐가 떠나서 안타깝군!" 생쥐가 사라지자 진홍앵무가 한숨을 쉬었다. 엄마 게는 그 기회를 틈타 딸에게 말했다. "애야! 이걸 교훈 삼아서 인내심을 좀 키우도록 해라!" 그러자 새끼 게가 약간 퉁명스럽게 대꾸했다. "하지만 엄마랑 같이 있으면 성인군자도 인내심이 흔들릴 거예요."

"다이나가 여기 있으면 얼마나 좋을까!" 앨리스가 누구에게랄 것 없이 말했다. "그러면 생쥐를 바로 잡아왔을 거야!"

"다이나가 누구인지 물어봐도 되겠니?" 진홍앵무가 말했다.

앨리스는 기분이 좋아져서 말했다. 다이나에 대해서라면 언제라도 기쁘게 이야기할 수 있기 때문이다. "다이나는 우리 집 고양이야. 쥐를 얼마나 잘 잡는지 몰라! 그리고 새도 잘 잡아! 작은 새는 보는 순간 꿀꺽이지!"

이 말은 무리에 상당한 충격을 주었다. 몇몇 새는 곧장 그곳을 떠났다. 늙은 까치 한 마리는 자기 몸을 폭 감싸고 말했다. "집에 가야겠다. 밤 공기는 목에 좋지 않아!"

카나리아는 떨리는 목소리로 새끼들에게 소리쳤다. "가자, 애들아! 모두 잘 시간이야!" 동물들은 이런저런 핑계를 대면서 다 떠났고, 앨리스는 다시 혼자 남았다.

"다이나 이야기를 하는 게 아니었어!" 앨리스는 서글픈 목소리로 중얼거렸다. "여기서는 아무도 다이나를 좋아하지 않는가 봐. 하지만 다이나는 세상에서 가장 좋은 고양이야! 아, 다이나! 널 다시 볼 수 있을까?" 앨리스는 다시 울음을 터뜨렸다. 몹시 외롭고 우울해졌기 때문이다.

잠시 후 멀리서 다시 타박타박하는 발소리가 들려서 앨리스는 얼른 고개를 들었다. 생쥐가 마음을 바꾸고 이야기를 마저 하러 오는 것이기를 바랐다.

토끼가 심부름을 보내다

발소리의 주인공은 하얀 토끼였다. 하얀 토끼가 천천히 돌아왔는데, 무언가를 잃어버린 듯 주변을 두리번거리며 중얼거렸다. "공작님! 공작님! 아, 내 발을 어찌할꼬? 내 털과 수염을 어찌할꼬? 부인은 나를 처형하려 들 거야. 그건 족제비가 족제비인 것만큼 확실해! 도대체 그걸 어디 떨어뜨렸을까?" 앨리스는 토끼가 부채와 흰색 가죽 장갑을 찾는다고 짐작했고, 친절한 마음에 함께 찾아보았지만 아무데도 보이지 않았다. 앨리스가 눈물 웅덩이에 들어갔다 나온 뒤로 모든 것이 달라진 모양이었고, 유리 탁자와 작은 문이 있던 긴 복도는 완전히 사라지고 없었다.

토끼는 옆에서 같이 물건을 찾는 앨리스를 보고 성난 목소리로 외쳤다. "메리 앤, 여기서 뭘 하니? 당장 집에 가서 장갑하고 부채를 가져와! 어서, 당장!" 앨리스는 너무 놀라서 토끼에게 사람을 잘못 봤다는 말도 하지 못하고 토끼가 가리킨 방향으로 뛰어갔다.

"토끼가 나를 자기 집 하인이라고 착각했어." 앨리스는 뛰어가면서 말했다. "내가 누구인지 알면 얼마나 놀랄까! 하지만 어쨌든 토끼에게 부채와 장갑을 갖다줘야 해. 그러니까 찾으면……." 그렇게 말하는 앨리스의 눈앞에 작은 집이 나타났는데, 현관에 달린 선명한 놋쇠 문패에 '하얀 토끼'라는 이름이 새겨져 있었다. 앨리스는 노크도 하지 않고 들어가서 2층으로 달려 올라갔다. 진짜 메리 앤을 만나면 부채와 장갑을 찾지도 못하고 쫓겨날 게 뻔했다.

"토끼의 심부름을 하다니 정말 이상해." 앨리스가 혼잣말을 했다. "다음에는 다이나의 심부름을 하게 될 거 같아!" 그리고 어떤 일이 일어날지를 상상해보았다. "앨리스! 어서 와서 산책 준비를 하자!' '잠깐 기다려요, 보모! 저는 다이나가 돌아올 때까지 이 쥐구멍을 지켜야 해요.' 하지만 다이나가 사람들에게 명령을 하면 식구들이 다이나를 집에 두지 않겠지."

그사이에 앨리스는 창문이 나 있고 탁자가 놓여 있는 작은 방에 들어갔고, 탁자 위에는 (바라던 대로) 부채와 흰색 가죽 장갑 두세 켤레가 있었다. 앨리스는 부채와 장갑 한 켤레를 들고 나가려다가 거울 근처에 놓인 작은 병을 보았다. 이번에는 **나를 마셔요** 같은 말이 적혀 있지 않았지만, 앨리스는 마개를 따서 입술에 댔다. '무언가를 먹거나 마시면 항상 신기한 일이 생겨.' 앨리스는 생각했다. '그래서 이 병에 든 걸 먹으면 어떻게 될지 궁금해. 몸이 다시 커졌으면 좋겠어. 이제 조그만 몸으로 지내는 게 아주 피곤해졌어!'

앨리스의 생각이 맞았지만, 속도는 예상보다 훨씬 빨랐다. 음료를 반도 마시기 전에 머리가 천장에 부딪혀 목이 부러지는 일을 피하려고 고개를 휙 숙여야 했다. 앨리스는 얼른 병을 내려놓고 말했다. "이 정도면 됐어. 더는 안 자랐으면 좋겠어. 그러고 보니 문으로 나갈 수가 없네. 너무 많이 마셨나 봐!"

하지만 후회해도 소용없었다! 앨리스는 계속 자라나서 바닥에 무릎을 꿇고 앉아야 했다. 잠시 후에는 앉아 있을 수도 없어서 한쪽 팔꿈치를 문에 대고, 다른 팔은 머리를 감싼 채 누웠다. 그래도 몸은 계속 자랐고, 앨리스는 마지막 방법으로 한 팔을 창밖으로 내밀고 발 하나는 굴뚝으로 밀어올렸다. "더는 어떻게 할 수 없어. 난 어떻게 되는 거지?"

다행히 마법 약이 효과를 다해서 앨리스는 더 커지지 않았다. 그래도 몹시 불편했고, 방에서 나갈 방법이 보이지 않아서 기분이 우울해졌다.

"집에 있을 때가 훨씬 좋았어." 앨리스가 중얼거렸다.

"거기서는 몸이 커지거나 작아지는 일도 없고, 생쥐나 토끼에게 명령을 듣는 일도 없었어. 토끼 굴로 들어온 게 좀 후회되지만…… 하지만…… 그래도 이런 일은 약간 재미있기는 해! 나한테 무슨 일이 일어난 걸까? 동화책 속 일들은 현실에서는 절대로 일어나지 않는다고 생각했는데, 지금 실제로 겪고 있어! 내가 겪은 일을 책으로 써야 해! 크면 그런 책을 쓸거야. 그런데 나는 이미 엄청 컸어." 앨리스는 서글픈 목소리로 덧붙였다. "어쨌거나 여기는 이제 더 클 공간이 없어."

'그러면 이제 난 더 나이가 들지 않는 걸까?' 앨리스는 생각했다. '할머니가 안 되는 건 어떻게 보면 좋은 일인데…… 그러면 계속 공부를 해야 하잖아! 그건 싫어!'

"바보 같은 앨리스!" 앨리스가 말했다. "여기서 어떻게 공부를 해? 네 몸을 가눌 공간도 없는데 책을 어디 두겠어?"

앨리스가 이렇게 이편저편을 들었다 하며 혼자서 대화를 이어가는데, 바깥에서 목소리가 들려 입을 다물었다.

"메리 앤! 메리 앤!" 그 목소리가 불렀다. "당장 내 장갑 가지고 나와!" 그러더니 누군가 빠르게 계단을 올라왔다. 토끼가 자신을 찾으러 왔다는 생각에 앨리스가 몸을 떨자 집까지 흔들렸다. 자기 몸이 토끼보다 천배는 커져서 이제 겁낼 게 없다는 생각은 들지 않았다.

토끼가 금세 와서 문을 열려고 했는데, 안으로 여는 문이라 앨리스 팔꿈치에 막혀 열리지 않았다. 앨리스는 토끼가 중얼거리는 소리를 들었다. "그러면 돌아서 창문으로 들어가야겠군."

'안 돼!' 앨리스가 생각했다. 앨리스는 토끼가 창문 아래로 오는 소리가 들릴 때까지 기다렸다가 손을 펴서 허공을 움켜잡았다. 손에는 아무것도 잡히지 않았지만, 밖에서 작은 비명과 추락하는 소리가 들리고 이어 유리 깨지는 소리가 나는 것이, 토끼가 오이 재배를 하는 틀 위로 떨어진 모양이었다.

이어 토끼의 성난 목소리가 들렸다. "팻! 팻! 너 어디에 있는 거야?"

그러더니 낯선 목소리가 말했다. "여기 있습니다! 사과 캐고 있어요!"

"사과를 캔다고!" 토끼가 발끈했다. "여기 와서 나를 꺼내줘!" (다시 한번 유리 깨지는 소리가 들려왔다.)

"그런데 팻, 창문 안에 저게 뭐야?"

"팔 같은데요!" ('파으알'이라고 발음했다.)

"팔이라고? 바보야! 저렇게 큰 팔이 어디 있어? 창문 전체를 덮었는데!"

"그렇긴 한데요, 그래도 팔이에요."

"어쨌든 팔은 저기 있으면 안 돼. 가서 치워!"

그 뒤로 한참 동안 침묵이 이어지는 가운데 이따금 나직하게 속삭이는 소리가 들렸다. "저는 정말 싫습니다!" "시키는 대로 해, 겁쟁이!" 같은 소리였다. 마침내 앨리스는 다시 한번 손을 펴서 허공을 움켜잡았다. 이번에는 작은 비명이 두 번 울리며, 다시 유리 깨지는 소리가 났다. '오이 재배틀이 많은가 봐!' 앨리스가 생각했다. '이제 저들이 어떻게 할까! 날 창밖으로 끌어내겠다니, 그렇게 해준다면 나도 고맙겠네! 나도 여기 더 있고 싶지 않다고!'

앨리스는 기다렸지만 아무 소리도 들리지 않았다. 마침내 작은 수레들이 굴러오는 소리가 나더니, 여러 목소리가 한꺼번에 말했다. 그중에 앨리스는 이런 소리를 알아들었다. "다른 사다리는 어디 있어?" "난 하나밖에 안 가져왔어요. 다른 건 빌한테 있어요." "빌! 여기야!" "이 모퉁이에 대." "아니, 먼저 두 개를 연결해." "아직 절반도 못 미쳐." "아! 그 정도면 되겠다." "까탈 떨지 마." "여기, 빌! 밧줄을 잡아." "지붕이 견뎌줄까요?" "기와가 헐거우니까 조심해." "기와가 떨어진다! 고개 숙여!" (요란한 와장창 소리) "누구야?" "빌일 거예요." "누가 굴뚝으로 내려가?" "난 아냐! 네가 해!" "난 안 해!" "빌이 내려가야 돼." "여기, 빌! 주인님이 네가 굴뚝으로 내려가야 한대!"

"아! 그러니까 빌이 굴뚝으로 내려와야 하는구나?" 앨리스가 혼잣말을 했다. "왜 빌한테만 일을 시키는 것 같지? 난 빌의 처지가 되고 싶지 않아. 이 벽난로는 좁지만, 발길질은 약간 할 수 있을 거야!"

55

앨리스는 발을 최대한 굴뚝 아래로 내린 다음, 작은 동물이(무슨 동물인지는 알 수 없었다) 굴뚝으로 들어와 자기 바로 위쪽으로 오는 소리가 날 때까지 기다렸다. 앨리스는 "빌이 내려왔어" 하고 중얼거리며 뻥 발길질을 하고, 다음에 무

슨 일이 벌어질지 기다렸다.

모두가 "빌이 날아간다!" 하고 합창하는 소리가 들렸고, 토끼의 목소리―"거기 울타리 앞에 있는 너, 빌을 잡아!"―에 이어 침묵이 흘렀다. 곧이어 다시 정신없이 떠드는 소리가 들렸다. "고개 들어." "술을 가져와." "조금씩 먹여." "왜 그랬어, 친구? 무슨 일이야? 어떻게 된 건지 말해봐!"

마지막으로 연약한 말소리가 들렸다. ('빌의 목소리야.' 앨리스는 생각했다.) "나도 잘 몰라요……. 이제 그만, 고마워요. 하지만 나도 당최 모르겠어요. 그냥 무언가 밑에서 탕 튕겨서 폭죽처럼 하늘을 날았을 뿐이에요!"

"맞아, 정말로 하늘을 날았어!" 다른 동물들이 말했다.

"집에 불을 질러야 해!" 토끼 목소리였다.

그러자 앨리스는 있는 힘껏 외쳤다. "그러면 다이나를 보낼 거예요!" 곧 싸늘한 침묵이 이어졌고, 앨리스는 생각했다. '이제 어떻게 하려나? 생각이 있다면 지붕을 뜯겠지.'

잠시 후 바깥에서 덜커덩거리는 소리가 나더니 토끼가 말했다. "일단은 한 수레 정도면 될 거야."

'뭐가 한 수레라는 거야?' 앨리스는 생각했지만, 오래 궁금해할 필요가 없었다. 잠시 후 조그만 돌멩이들이 창문으로 쏟아져 들어왔기 때문이다. 앨리스는 얼굴에 돌멩이 몇 개를 맞았다. **"가만 둘 수 없어."** 앨리스는 혼자 중얼거리고 큰 소리로 외쳤다. "당장 그만둬요!" 그러자 다시 한번 싸늘한 침묵이 이어졌다.

그런데 놀랍게도 돌멩이들이 바닥에 떨어지면서 작은 케이크로 변했고, 그걸 보자 앨리스 머리에 한 가지 생각이 반짝 들었다. '저 케이크를 먹으면 분명히 몸 크기가 달라질 거야. 더 커지는 건 불가능하니까 아마 작아지지 않을까.'

그래서 앨리스는 케이크 하나를 먹었고, 기쁘게도 곧바로 몸이 줄어들기 시작했다. 문으로 나갈 만한 크기가 되자 앨리스는 집 밖으로 달려나갔다. 밖에는 상당히 많은 작은 동물과 새 들이 모여 있었다. 불쌍한 도마뱀 빌이 가운데 있고, 기니피그 두 마리가 그에게 병에 든 무언가를 먹이고 있었다. 앨리스가 나타나자 모두 앨리스에게 달려왔다. 하지만 앨리스는 걸음아 날 살려라 하고 달아났고, 울창한 숲으로 무사히 몸을 피했다.

"가장 먼저 할 일은 원래 크기로 돌아가는 거야." 앨리스가 숲을 돌아다니며 중얼거렸다. "다음으로 할 일은 그 예쁜 정원을 찾아가는 거야. 그게 최고의 계획이야."

물론 훌륭하고도 깔끔하고도 간단한 계획이었다. 유일한 문제는 앨리스가 그 계획을 실행할 방법을 전혀 모른다는 것이었다. 그래서 불안하게 주변을 둘러보는데, 머리 위에서 무언가가 짧고 날카롭게 짖어서 고개를 번쩍 들었다.

거대한 강아지가 크고 둥근 눈으로 앨리스를 내려다보며 한 발을 슬며시 뻗어서 건드리려고 했다. "가여워라!" 앨리스는 부드러운 목소리로 말하면서 강아지에게 휘파람을 불려고 했지만, 그러면서도 강아지가 혹시 배가 고프다면 아무리 부드럽게 달래도 자신을 먹어버릴 가능성이 높다는 생각에 겁이 났다.

앨리스는 무슨 생각을 할 겨를도 없이 작은 막대기를 집어들고 앞으로 내밀었다. 그러자 강아지는 펄쩍 뛰며 "왈!" 하고 기쁘게 짖더니, 막대기를 물려는 듯 앞으로 달려들었다. 앨리스는 개에게 받힐까 봐 커다란 엉겅퀴 뒤로 몸을 피했다. 앨리스가 엉겅퀴 반대편에서 나타나자 강아지가 다시 막대기를 향해 달려들었고, 그러다가 그만 데구르르 굴렀다. 지금 앨리스한테 강아지는 말만큼이나 컸고, 잘못하면 그 발에 깔릴 것 같아서 앨리스는 다시 엉겅퀴 뒤로 피했다. 강아지는 앞으로 살짝 달려들었다가 뒤로 슬금슬금 물러났다가 하면서 여러 번 막대기를 물려고 했고, 그러는 내내 목이 쉬도록 짖었다. 그러더니 마침내 멀찌감치 앉아서 혀를 입 밖으로 늘어뜨린 채 숨을 헐떡였다. 큰 눈은 반쯤 감겨 있었다.

앨리스는 이때가 탈출 기회다 싶어 곧장 달아나서, 다리가 아프고 숨이 찰 때까지 달렸다. 강아지 짖는 소리가 멀리서 희미하게 들렸다.

　"그런데 참 귀여운 강아지였어!" 앨리스는 숨을 돌리려고 미나리아재비에 기댄 채 그 이파리로 부채질을 하면서 말했다. "강아지한테 재주를 많이 가르쳐줄 수 있었을 텐데, 그러니까 내 몸 크기만 정상이었다면! 아, 이런! 다시 커져야 한다는 걸 까먹고 있었어! 도대체 어떻게 해야 할까? 무언가를 먹거나 마셔야 할 것 같지만, 그게 뭔지 모른다는 게 문제야."

　그게 뭔지 모른다는 건 확실히 문제였다. 앨리스는 꽃들과 풀잎들을 보았지만, 이 상황에서 먹거나 마실 만한 것은 보이지 않았다. 그런데 바로 옆에 키가 앨리스만 한 커다란 버섯이 옆에 서 있었다. 버섯 아래쪽과 양옆과 뒤쪽을 보고 나니, 앨리스는 위쪽에는 뭐가 있는지 보고 싶어졌다.

앨리스는 발끝으로 서서 버섯 위쪽을 보다가 큼직한 파란색 애벌레와 눈이 마주쳤다. 애벌레는 버섯 꼭대기에 팔짱을 끼고 앉아서 조용히 물 담배를 피우고 있었고, 앨리스나 다른 어떤 것에도 관심이 없는 기색이었다.

애벌레의 조언

애벌레와 앨리스는 한동안 침묵 속에 서로를 바라보았다. 마침내 애벌레가 입에서 물 담배를 빼고 나른하고 졸린 목소리로 말을 건넸다.

"누구니?"

대화를 시작하기에 그다지 적당한 말은 아니었다. 앨리스는 약간 기가 죽어서 대답했다. "저…… 저도 지금은 잘 모르겠어요. 아침에 일어났을 때는 제가 누구인지 알았는데, 그 뒤로 여러 번 바뀌었다는 생각이 들어서요."

"무슨 뜻이니? 네가 누구인지 설명해봐!" 애벌레가 엄격하게 말했다.

"저도 저를 설명할 수 없어요. 저는 지금 제가 아니거든요." 앨리스가 말했다.

"무슨 말인지 모르겠구나." 애벌레가 말했다.

"더 잘 설명할 방법을 모르겠어요." 앨리스가 아주 예의 바르게 말했다. "저도 이해가 안 되니까요. 하루에 여러 번 몸이 커졌다 작아졌다 하면 정말 정신이 없어져요."

"그렇지 않아." 애벌레가 말했다.

"아저씨는 아직 안 겪어봤잖아요." 앨리스가 말했다. "하지만 아저씨가 번데기가 되고—언젠가 그러겠죠—그다음에 나비가 될 때면, 아저씨도 좀 이상한 느낌이 들지 않을까요?"

"전혀." 애벌레가 말했다.

"아저씨는 저하고 다를지도 모르겠네요." 앨리스가 말했다. "어쨌든 전 이상하게 느껴져요."

"너!" 애벌레가 깔보는 목소리로 말했다. **"누구니?"**

이 말로인해 앨리스와 애벌레의 대화는 처음으로 돌아갔다. 앨리스는 애벌레가 그렇게 무례하게 말하는 것이 마음에 들지 않아서, 허리를 곧게 펴고 심각하게 말했다. "아저씨가 누구인지부터 말해주셔야 할 것 같은데요."

"왜지?" 애벌레가 반문했다.

역시 어려운 질문이었다. 앨리스는 그럴듯한 이유도 떠오르지 않았고, 애벌레가 기분이 아주 나쁜 것 같아서 그냥 돌아섰다.

"돌아와! 중요한 이야기가 있어!" 애벌레가 앨리스를 불렀다.

그 말은 호기심을 끌었다. 앨리스는 애벌레에게 돌아갔다.

"성질 좀 죽여라." 애벌레가 말했다.

"그게 다예요?" 앨리스가 애써 화를 삼키며 말했다.

"아니." 애벌레가 말했다.

앨리스는 기다려봐도 괜찮겠다고 생각했다. 달리 할 일이 없었기 때문이다. 어쩌면 애벌레가 들을 만한 말을 할지도 몰랐다. 애벌레는 한동안 아무 말도 없이 담배만 뻐끔뻐끔 피웠지만, 마침내 팔짱을 풀고 입에서 물 담배를 빼낸 뒤 말했다. "그러니까 너는 네가 변했다고 생각하는 거지?"

"그런 것 같아요." 앨리스가 말했다. "예전처럼 잘 기억

하지도 못하고, 10분 동안 같은 크기로 있지도 못해요!"

"무슨 일을 기억하지 못한다는 거니?" 애벌레가 물었다.

"「꼬마 꿀벌은」이라는 시를 외우려고 했는데, 입 밖으로는 엉뚱한 말이 나왔어요!" 앨리스가 우울한 목소리로 대답했다.

"그러면 「늙으신 신부님」을 읊어보렴." 애벌레가 말했다.

앨리스는 두 손을 포개고 입을 열었다.

늙으신 신부님,

젊은이가 말했네.

신부님 머리는 눈처럼 하얘졌어요.

그런데도 자꾸 물구나무를 서시네요.

그 나이에 그래도 되는 건가요?

젊었을 때 나는,
신부님이 대답했네.
이러면 머리를 다칠 줄 알았지만,
안 그런다는 걸 알게 됐으니,
자꾸자꾸 할 수밖에.

신부님은 늙고,
젊은이가 말했네.
거기다 엄청나게 뚱뚱해졌어요.
그런데도 문가에서 뒤로 공중제비를 넘었어요.

그러는 이유가 뭐죠?

젊었을 때 나는,
신부님이 대답했네.
이 연고로 팔다리를 부드럽게
만들었지. 한 통에 1실링인데
너한테도 두어 개 팔까?

신부님은 늙고,
젊은이가 말했네.
치아도 약해서 푸딩밖에 못 먹어요.
그런데도 거위를 뼈와 부리까지 드셨어요.

어떻게 그러신 거죠?

젊었을 때 나는,
신부님이 대답했네.
늘 법정에 가서 부인과 다투었지.
그 일로 턱이 튼튼해져서
평생 이어졌단다.

신부님은 늙고,
젊은이가 말했다.
눈도 예전 같지 않을 거예요.
그런데도 코 끝에 뱀장어를 세웠어요.

어떻게 그렇게 재주가 좋으신 거죠?

이미 세 가지 질문에 답을 했으니
그걸로 충분하다.
신부님이 말했네.
내가 하루 종일 그런 질문이나 들어줄 것 같으냐?
나가라, 안 그러면 계단 아래로 차버릴 테다!

"제대로 못 했어." 애벌레가 말했다.

"딱 맞지는 않아요." 앨리스가 소심하게 말했다. "단어 몇 개가 바뀌었어요."

"처음부터 끝까지 몽땅 틀렸어." 애벌레가 단호하게 말했고, 한동안 침묵이 이어졌다.

애벌레가 침묵을 깨고 물었다.

"네가 원하는 크기는 어느 정도지?"

"크기에 대해서 까다롭지는 않아요." 앨리스가 얼른 대답했다. "크기가 이렇게 자주 바뀌지만 않으면 좋겠어요, 아시겠지만."

"글쎄, 모르겠는데." 애벌레가 말했다.

앨리스는 아무 말도 하지 않았다. 이전에는 누가 이렇게 말 한 마디 한 마디 반박한 적이 없었기 때문에, 점점 기분이 나빠졌다.

"지금 키는 괜찮아?" 애벌레가 물었다.

"가능하다면 조금 더 컸으면 좋겠어요." 앨리스가 말했다. "8센티미터는 너무 비참해요."

"정말이지 아주 적당한 키야!" 애벌레가 발끈해서 몸을 일으켜 세웠다(그 키가 딱 8센티미터 정도였다).

"하지만 저는 이 키에 익숙하지 않아요!" 앨리스가 서글픈 목소리로 말했다. 그리고 속으로는 이렇게 생각했다. '제발 동물들이 이렇게 쉽게 기분이 상하지 않았으면 좋겠어!'

"곧 익숙해질 거야." 애벌레가 말하더니, 다시 물 담배를 입에 물고 담배를 피웠다.

앨리스는 애벌레가 다시 입을 열 때까지 끈기 있게 기다렸다. 잠시 후 애벌레는 입에서 물 담배를 빼고 한두 번 하품을 하더니, 부르르 몸을 떨었다. 그리고 버섯에서 내려와 풀밭을 기어가며 이렇게 말했다. **"한쪽은 커지게 해줄 거고, 반대쪽은 작아지게 해줄 거야."**

'한쪽? 반대쪽? 뭐를 말하는 거지?' 앨리스는 생각했다.

"버섯이지." 애벌레가 앨리스에게 대답하듯 말하고는 사라졌다.

앨리스는 한참 동안 버섯을 살펴보며 이쪽과 저쪽을 찾아보려고 했다. 버섯은 동그랬기 때문에 어디가 어디인지 알기가 어려웠다. 결국 앨리스는 두 팔을 최대한 뻗어서 버섯을 감싸고 양손으로 끄트머리를 약간씩 뜯어냈다.

"이제 어느 게 어느 쪽이지?" 앨리스는 중얼거리며 효과를 알아보려고 오른손에 든 것을 조금 오물거렸다. 그러자 턱 밑에 강력한 타격이 왔다. 턱이 발에 닿은 것이다!

앨리스는 갑작스런 변화에 깜짝 놀랐지만, 어물거릴 시간이 없었다. 몸이 너무 빠른 속도로 줄어들었기 때문이다. 앨리스는 즉시 다른 쪽 버섯을 먹었다. 턱이 발에 너무 바짝 붙어 있어서 입을 벌리기도 힘들었지만, 마침내 왼손으로 뜯은 부분을 약간 먹었다.

*　　　*　　　*　　　*　　　*　　　*

　　*　　　*　　　*　　　*　　　*

*　　　*　　　*　　　*　　　*　　　*

"이제 머리가 자유로워졌어!" 앨리스가 기쁜 목소리로 말했지만, 다음 순간 어깨가 보이지 않는다는 사실을 깨닫자 그 목소리는 경악으로 변했다. 고개를 숙여보니 보이는 거라곤 길고 긴 목뿐이었다. 앨리스의 목은 아래쪽 멀리 바다처럼 보이는 초록 잎사귀들 위로 덩굴줄기마냥 솟아올랐다.

"저 녹색은 다 뭐지?" 앨리스가 말했다. "내 어깨는 어디 간 거야? 불쌍한 내 손들, 왜 내 손들이 안 보여?" 앨리스가 그렇게 말하면서 손을 움직이자, 멀리 있는 푸른 잎사귀들

틈에서 흔들림만 약간 일었다.

두 손을 머리에 올리는 건 불가능한 듯해서 고개를 아래로 숙이려고 했는데, 다행히 목은 뱀처럼 어느 쪽으로도 잘 구부러졌다. 앨리스는 고개를 우아하게 굽히는 데 성공해서 잎사귀들 아래로 숙여보려고 하다가(그 잎사귀들은 앨리스가 돌아다니던 숲 꼭대기의 이파리들이었다) 작고 날카로운 비명에 얼른 목을 폈다. 커다란 비둘기가 앨리스의 얼굴 앞에 날아와서 날개를 격렬하게 파닥이며 소리쳤다.

"뱀이잖아!"

"난 뱀이 아냐!" 앨리스가 발끈해서 말했다. "날 가만히 내버려둬!"

"뱀 맞아!" 비둘기가 다시 말했다. 하지만 목소리는 조금 누그러들어 있었다. 잠시 후 비둘기는 흐느끼듯 덧붙였다. "여기저기 봤는데, 한 군데도 적합해 보이지 않아!"

"무슨 말인지 하나도 못 알아듣겠어." 앨리스가 말했다.

"나무 뿌리에도 가보고, 강둑에도 가보고, 산울타리에도 가봤어." 비둘기는 앨리스를 무시하고 말을 이었다. "하지만 뱀들 때문에! 뱀들 비위를 맞출 수가 없어!"

앨리스는 혼란스러웠지만 비둘기가 말을 마칠 때까지 가만히 듣는 게 좋겠다고 생각했다.

"알을 품는 게 별일 아닌 줄 아는지." 비둘기가 계속 말했다. "하지만 밤낮으로 뱀을 감시해야 해! 지난 3주 동안 한숨도 못 잤어!"

"그런 일을 겪다니 안타깝다." 앨리스가 비둘기의 말을 조금이나마 이해하고 말했다.

"그래서 숲에서 제일 키 큰 나무에 자리를 잡았는데." 비둘기가 거의 비명을 지르듯 소리를 높였다. "드디어 뱀들에게서 벗어났다고, 뱀이 여기 오려면 하늘에서 내려와야 할 거라고 생각했는데! 으으, 또 뱀이야!"

"하지만 나는 뱀이 아니야!" 앨리스가 말했다. "나는……나는……."

"그러면 뭐야?" 비둘기가 말했다. "무언가 지어내려고 하는 모양인데."

"난 사람이야, 아직 어린 여자애지만." 하지만 앨리스 자신도 그 말이 의심스러웠다. 그날 하루 동안 너무도 여러 번 변했기 때문이다.

"말이 되는 소리를 해라!" 비둘기가 한심해하며 말했다. "살면서 여자애를 많이 봤지만, 목이 이렇게 생긴 여자애는 하나도 못 봤어! 넌 뱀 맞아. 아니라고 해도 소용없어. 다음에는 알을 먹어본 적 없다고 하겠구나."

"당연히 먹어봤지." 앨리스는 정직한 아이였기 때문에 솔직하게 말했다. "하지만 사람도 사실 뱀만큼 알을 많이 먹는다고."

"그 말 안 믿어." 비둘기가 말했다. "만약에 그렇다면 사람도 뱀하고 다를 바 없어. 그게 다야."

앨리스는 그런 이야기는 처음이라서 한동안 아무 말도 할 수 없었고, 비둘기가 그 기회를 틈타서 덧붙였다. "너도 알을 찾고 있지? 난 알아. 그러니 네가 사람이건 뱀이건 무슨 상관이겠어?"

"나한테는 상관이 있어." 앨리스가 얼른 덧붙였다. "그리고 나는 알을 찾지 않아. 찾는다고 해도 네 알은 아니야. 난 익히지 않은 알은 싫어해."

"그러면 얼른 여길 떠나!" 비둘기가 퉁명스럽게 말하고 둥지에 내려앉았다. 앨리스는 나무들 사이에 조심조심 웅크려 앉았다. 목이 가지에 계속 엉켜서 이따금 멈춰서 풀어야 했다. 얼마 후 앨리스는 여전히 손에 버섯 조각을 들고 있다는 사실을 떠올렸다. 그리고 조심조심 이쪽 버섯과 저쪽 버섯을 조금씩 먹어보았다. 그러자 몸이 커졌다 작아졌다 하면서 마침내 원래 키로 돌아왔다.

원래 키로 돌아온 게 너무도 오랜만이라서 처음에는 오히려 어색했지만, 앨리스는 금세 익숙해져서 평소처럼 혼자 중얼거리기 시작했다. "이제 계획의 절반은 이루어졌어! 몸이 자꾸 변하니까 너무 헷갈려! 다음에는 내 몸이 어떻게 될지

도저히 알 수가 없어! 어쨌거나 지금은 본래 크기로 돌아왔으니까, 이제 할 일은 그 아름다운 정원에 가는 거야. 그런데 어떻게 가지?" 그러다 앨리스는 갑자기 넓은 공간에 다다랐는데, 거기에는 높이가 120센티미터 정도 되는 작은 집이 있었다. "여기 누가 사는지 몰라도 이만한 몸으로 들어가면 안 돼. 나를 보면 겁을 먹을 거야!" 그래서 오른손에 쥔 버섯을 조금씩 먹어서 키를 20센티미터 정도로 만들었다.

돼지와 후추

앨리스가 집을 바라보며 다음에 할 일을 생각하는데, 숲에서 갑자기 제복을 입은 하인이 뛰어나와(하인 제복을 입었지만 얼굴은 물고기였다) 그 집 문을 요란하게 두드렸다. 그러자 제복 입은 다른 하인이 문을 열었다. 그 하인은 개구리처럼 눈이 컸다. 그리고 둘 모두 분을 바른 커다란 가발을 쓰고 있었다. 앨리스는 무슨 일인지 궁금해서 숲 밖으로 몸을 살짝 내밀고 귀를 기울였다.

　물고기 하인이 겨드랑이에 끼워둔, 거의 자기 몸만큼이나 큰 편지를 꺼내 다른 하인에게 건네면서 엄숙한 목소리로 말했다. "여왕 폐하께서 공작님을 크로케 경기에 초대하십니다." 그러자 개구리 하인이 똑같이 엄숙한 목소리로 단어 순서만 살짝 바꾸어서 말했다. "공작님을 여왕 폐하께서 크로케 경기에 초대하십니다."

그리고 나서 둘이 허리를 깊이 굽혀 절하자 곱슬머리가 서로 얽혔다.

앨리스는 웃음을 터뜨렸다가, 그들이 소리를 들었을까 봐 얼른 도로 숲속으로 들어갔다. 잠시 후 앨리스가 다시 밖을 내다보니, 물고기 하인은 떠나고 개구리 하인이 문 앞 땅바닥에 앉아서 멍한 얼굴로 하늘을 바라보고 있었다.

앨리스가 조심조심 집 앞에 가서 문을 두드렸다.

"두드려봐야 소용없어." 하인이 말했다. "두 가지 이유가 있어. 첫째로 나는 너하고 똑같이 문밖에 있어. 그리고 두 번째로 집 안이 엄청나게 시끄러워서 아무도 문 두드리는 소리를 못 들어." 확실히 집 안은 굉장히 시끄러운 것 같았다. 울음소리와 재채기 소리가 끊이지 않았고, 이따금 그릇이나 주전자가 깨지는 듯한 와장창 소리도 요란하게 울렸다.

"그러면 어떻게 안에 들어가죠?" 앨리스가 물었다.

"우리가 문을 사이에 두고 서로 반대편에 있다면, 문을 두드리는 것도 괜찮을 거야. 예를 들어 네가 문 안쪽에서 두드리면 내가 문을 열어서 너를 나오게 할 수 있어." 하인은 그 말을 하면서 내내 하늘을 보았고, 앨리스는 너무 예의에 어긋난다고 생각했다.

"하지만 어쩔 수 없는지도 몰라." 앨리스는 혼잣말을 했다. "눈이 머리 거의 꼭대기에 있으니까. 어쨌든 질문에 대답은 해줄지도 몰라."

"안에 들어가려면 어떻게 해야 하나요?" 앨리스가 다시 물었다.

"나는 여기 앉아 있을 거야." 하인이 말했다. "내일까지……."

그 순간 문이 열리더니 커다란 접시가 하인의 머리를 향해 날아왔다. 접시는 하인의 코를 스치고 지나가 뒤쪽 나무에 부딪혀서 박살이 났다.

"아니면 모레까지." 하인은 아무 일도 없었다는 듯 똑같은 목소리로 말했다.

"안에 어떻게 들어가나요?" 앨리스가 더 큰 목소리로 물었다.

"네가 안에 들어갈 수 있기는 한가?" 하인이 말했다. "그게 첫 번째 문제야."

그 말은 맞았지만, 앨리스는 그런 말을 듣고 싶지는 않았다. "정말 답답해." 앨리스가 중얼거렸다. "여기 동물들은 모두 말싸움을 하려고 해. 아주 피곤해!"

하인은 그 기회를 잡아, 아까 한 말을 조금 바꿔서 다시 했다. "난 여기 앉아 있을 거야. 여러 날 동안 간헐적으로."

"하지만 전 어떻게 해요?" 앨리스가 물었다.

"하고 싶은 대로 하렴." 하인이 말하고 휘파람을 불었다.

"이 아저씨하고 말해봐야 소용없어. 완전히 바보야!" 앨리스가 답답해하며 문을 열고 안으로 들어갔다.

문을 열자 커다란 부엌이 나왔는데, 이쪽 끝에서 저쪽 끝까지 연기가 가득했다. 공작은 부엌 중간에 놓은 다리 세 개짜리 간이 의자에 앉아서 아기를 돌보는 참이었다. 요리사는 불 앞에 서서 커다란 솥에 담긴 수프를 젓고 있었다.

"수프에 후추를 너무 많이 넣었나 봐!" 앨리스가 재채기를 하면서 간신히 말했다.

분명 공중에 후추가 너무 많았다. 공작도 이따금 재채기를 했고, 아기는 잠시도 쉬지 않고 재채기를 하다가 엉엉 울

다가 했다. 부엌에서 재채기를 하지 않는 건 요리사와 깔개 위에 앉아서 입이 귀에 걸리도록 활짝 웃고 있는 커다란 고양이뿐이었다.

"여쭙고 싶은 게 있는데요." 앨리스가 머뭇거리며 말했다. 먼저 말을 거는 게 예의에 맞는지 알 수 없었다. **"저 고양이는 왜 저렇게 웃고 있나요?"**

"체셔 고양이니까 그렇지, 돼지야!" 공작이 말했다.

부인이 마지막 말을 어찌나 강하게 했는지, 앨리스는 깜짝 놀랐다. 하지만 알고 보니 자신이 아니라 아기에게 한 말이었다. 그래서 앨리스는 용기를 내서 다시 말했다.

"체셔 고양이가 항상 저렇게 웃는 줄은 몰랐어요. 사실 고양이가 웃을 수 있는지도 몰랐고요."

"체셔 고양이는 다 웃을 수 있어. 그리고 대부분 그렇게 하지." 공작이 말했다.

"저는 웃는 고양이는 하나도 몰라요." 앨리스는 이렇게 대화를 하게 되었다는 사실이 좋아서 예의 바르게 말했다.

"넌 아는 게 별로 없어. 그건 사실이야." 공작이 말했다.

앨리스는 그 말을 하는 목소리가 마음에 들지 않았고, 대화 주제를 바꾸고 싶었다. 그래서 새로운 주제를 생각해내려고 하는데, 요리사가 솥을 불에서 내리더니 갑자기 주변에 있는 물건을 손에 잡히는 대로 공작과 아기에게 던지기 시작했다. 먼저 부젓가락과 부지깽이가 날아왔고, 이어 냄비와 접시, 그릇 들이 소나기처럼 쏟아졌다. 공작은 물건에 맞으면서도 전혀 신경을 쓰지 않았고, 아기는 아까부터 악을 쓰며 울고 있었으니 접시에 맞아서 아픈 건지 뭔지 알 수가 없었다.

"제발, 지금 자기가 무슨 일을 하고 있는 건지 신경 좀 쓰세요!" 앨리스가 놀라서 펄쩍펄쩍 뛰며 소리쳤다. "그러다 아기 코를 날리겠어요." 유난히 큰 냄비가 정말로 아기의 코를 떨굴 듯이 그 앞으로 바짝 날아갔다.

"모든 사람이 자기 일에 신경을 쓴다면 세상은 지금보다 훨씬 빨리 돌아갈 거야." 공작이 거칠게 쉰 목소리로 말했다.

"그건 그렇게 좋은 일이 아닐 텐데요." 앨리스가 지식을 뽐낼 기회가 생긴 것을 기뻐하며 말했다. "그러면 낮과 밤이 어떻게 되겠어요! 지구가 자전하는 데 스물네 시간이 걸린다고 배웠는데요……."

"배운다는 말이 나왔으니 말인데, 저 애 목을 베라!" 공작이 말했다.

앨리스는 요리사가 명령을 따를지 불안한 눈길로 보았지만, 요리사는 바쁘게 수프만 저을 뿐 공작의 말을 듣지 않는 것 같아서 다시 말했다. "스물네 시간이 맞을 거예요. 아니 스무 시간인가? 저는……."

"귀찮게 하지 마. 숫자는 지긋지긋하니까!" 공작이 말했다. 그러더니 다시 아기를 어르기 시작해서, 자장가를 불러주며 한 소절이 끝날 때마다 아기를 격렬하게 흔들었다.

아이에게는 거친 말을 써야 해.
재채기를 하면 두드려 패야 해.
아이는 일부러 그러는 거야.
남들이 귀찮아지는 걸 아니까.

(합창)
(요리사와 아기가 함께 불렀다.)
워우! 워우! 워우!

2절로 넘어가자 공작은 아기를 위로 거칠게 던져 올렸고, 불쌍한 아기가 악을 쓰며 울어서 앨리스는 노랫말을 제대로 들을 수가 없었다.

나는 아이에게 거친 말을 써.
재채기를 하면 두드려 패.
아이는 원한다면 언제라도
후추를 즐길 수 있으니까!

(합창)
워우! 워우! 워우!

"원한다면, 네가 아기를 좀 볼래?" 공작이 말하고, 앨리스에게 아기를 던졌다. "난 이제 여왕 폐하와 크로케 경기를 하러 갈 준비를 해야 해." 그러고는 급히 방에서 나갔다. 요리사가 부인의 등 뒤로 프라이팬을 던졌지만 맞히지는 못했다.

앨리스는 아기를 힘들게 안았다. 아기가 조금 이상하게 생겼고, 팔다리를 사방으로 뻗고 있었기 때문이다. '불가사리 같아.' 앨리스는 생각했다. 앨리스 품에서 아기는 증기기관처럼 콧방귀를 뀌면서 몸을 계속 접었다 폈다 했고, 앨리스는 아기를 놓치지 않고 잡고 있는 것 이상을 할 수 없었다.

곧 아기를 제대로 안을 수 있게 되자(아기를 매듭처럼 약간 비튼 뒤, 오른쪽 귀와 왼쪽 발을 꽉 잡아서 몸을 풀지 못하게 하는 게 방법이었다), 앨리스는 아기를 데리고 밖으로 나가면서 생각했다. '아기를 안 데려가면 여기 사람들은 하루이틀 만에 아기를 죽일 거야. 그러니까 아기를 두고 가는 건 살인이 아닐까?' 앨리스가 마지막 말을 소리 내서 했더니 아기는 대답이라도 하듯 꾸룽 소리를 냈다(재채기는 어느새 멈추었다). "그런 소리 내지 마. 그건 예의 바른 표현이 아니야." 앨리스가 말했다.

아기는 다시 꾸룽 소리를 냈고, 앨리스는 뭐가 문제일까 하고 아기 얼굴을 걱정스레 들여다보았다. 아기의 코는 분명 사람보다 돼지와 더 비슷했고, 눈은 아기치고도 너무 작았다. 앨리스는 아기의 생김새가 마음에 들지 않았다. '하지만 울어서 그럴지도 몰라.' 앨리스는 그렇게 생각하고 눈물을 찾으려고 다시 한번 아기의 눈을 들여다보았다.

하지만 눈물은 없었다. 앨리스는 심각하게 말했다. "아기야, 네가 돼지가 된다면, 더는 너를 돌볼 수 없을 거야. 그러니까 조심해줘!" 아기는 다시 훌쩍거렸다(아니 꾸룽 소리를 낸 건가? 정확히 뭐였는지 알 수 없었다). 둘은 그렇게 한동안 말없이 있었다.

앨리스가 '집에 애를 데려가면 어떻게 해야 하지?' 하고

생각하기 시작했을 때 아기가 다시 꾸룽 소리를 냈는데, 그 소리가 너무 커서 앨리스는 깜짝 놀라 아기 얼굴을 내려다보았다. 이번에는 착각할 수가 없었다. 아기는 돼지 같은 게 아니라 돼지였고, 돼지를 계속 안고 다니면 바보처럼 보일 터였다.

　그래서 앨리스는 아기를 내려놓았다. 그리고 아기 돼지가 조용히 숲으로 뛰어가자 안도하며 말했다. "사람으로 자랐다면 아주 못생긴 아이가 되었을 거야. 하지만 돼지라면 잘생긴 쪽이야." 그리고 자신이 아는 아이들 중에서 돼지 같은 아이들을 떠올리며 중얼거렸다. "그 아이들을 바꾸는 방법만 안다면……." 그러다가 몇 미터 앞 나뭇가지에 앉아 있는 체서 고양이를 보고 살짝 놀랐다.

앨리스를 보자 고양이는 미소만 씩 지었다. 착해 보인다고 앨리스는 생각했지만, 그래도 고양이는 발톱이 길고 이빨도 많으니 조심하는 게 좋을 듯했다.

"체서 야옹아." 앨리스가 머뭇거리며 고양이를 불렀다. 고양이가 그 이름을 좋아할지 알 수 없었다. 어쨌거나 고양이는 아까보다 더 밝은 미소로 대답했다. '지금까지는 괜찮아 보여.' 앨리스는 그렇게 생각하고 다시 말했다. "여기서 어디로 가야 하는지 알려줄래?"

"그건 네 목적지가 어디냐에 달렸어." 고양이가 말했다.

"목적지가 어디인지는 중요하지 않아······." 앨리스가 말했다.

"그러면 어디로 가든 상관 없어." 고양이가 말했다.

"다른 데로 갈 수만 있다면." 앨리스가 덧붙였다.

"아, 그러면 그냥 한참 걷기만 하면 돼." 고양이가 말했다.

앨리스는 그 대답에 반박할 수가 없어서 다른 질문을 했다. "이 근처에는 어떤 사람들이 살아?"

"저쪽에는 모자장이가 살고." 고양이가 오른발을 흔들며 말한 뒤 다른 발을 흔들며 다시 말했다. "저쪽에는 3월 토끼가 살아. 아무 쪽으로나 가. 둘 다 미쳤으니까."

"하지만 난 미친 사람들은 싫어." 앨리스가 말했다.

"그래도 어쩔 수 없어." 고양이가 말했다. **"여기는 다 미쳤으니까. 나도 미쳤고, 너도 미쳤어."**

"내가 미쳤는지 어떻게 알아?" 앨리스가 말했다.

"너도 미쳤어. 안 그러면 여기 안 왔을 테니까." 고양이가 말했다.

그게 무슨 증거가 될 것 같지는 않았지만, 앨리스는 다시 물었다. "그러면 네가 미친 건 어떻게 알아?"

"먼저, 개는 안 미쳤어. 인정해?" 고양이가 물었다.

"그렇게 생각해." 앨리스가 말했다.

"머리를 굴려봐." 고양이가 말을 이었다. "개는 배고프면 그르릉거리고, 기분이 좋으면 꼬리를 흔들어. 그런데 나는 기분이 좋으면 그르릉거리고, 화가 나면 꼬리를 흔들어. 그러니까 미친 거지."

"그르릉거리는 게 아니라 가르랑거리는 거잖아." 앨리스가 말했다.

"마음대로 생각해." 고양이가 말했다. "너도 오늘 여왕님이랑 크로케 경기 하니?"

"하고 싶은데 아직 초대를 못 받았어." 앨리스가 말했다.

"거기서 보자." 고양이가 말하고 사라졌다.

앨리스는 그렇게 놀라지 않았다. 이제는 자꾸 이상한 일들이 일어나는 데 많이 익숙해졌기 때문이다. 고양이가 사라진 자리를 계속 바라보고 있자니 고양이가 다시 나타났다.

"그런데 아기는 어떻게 된 거야? 까먹고 안 물어볼 뻔했네." 고양이가 말했다.

"돼지가 됐어." 앨리스는 고양이가 자연스러운 방법으로 나타나기라도 한 듯 차분하게 말했다.

"그럴 줄 알았어." 고양이가 말하고 다시 사라졌다.

앨리스는 고양이가 다시 나타날 수도 있지 않을까 해서 잠깐 기다렸다. 하지만 고양이가 나타나지 않자, 잠시 후 3월 토끼가 산다는 쪽으로 걷기 시작했다. "모자장이들은 본 적이 있어." 앨리스가 중얼거렸다. "3월 토끼가 훨씬 재미있을 거야. 토끼들은 3월이면 발정기라서 미친다지만, 지금은 5월이니까 미치지 않았을 수도 있어……. 어쨌거나 3월만큼은." 이렇게 말하다가 고개를 들어보니 나무 위에 또 고양이가 앉아 있었다.

"돼지라고 했어, 뒤쥐라고 했어?" 고양이가 물었다.

"돼지라고 했어." 앨리스가 대답했다. "그리고 제발 그렇게 불쑥 나타났다 사라졌다 하지 말아줘. 너무 정신없어."

"알았어." 고양이가 말하더니, 이번에는 꼬리부터 시작해서 아주 천천히 사라졌다. 그리고 모든 게 사라진 뒤에도 미소는 한참 동안 남아 있었다.

"웃음 없는 고양이는 많이 봤지만, 고양이 없는 웃음이

라니! 평생 본 것들 중 가장 신기한걸!"

얼마 가지 않아서 눈앞에 3월 토끼의 집이 나타났다. 그 집이 맞는 것 같았다. 굴뚝이 토끼 귀 모양이고, 지붕은 토끼 털이었기 때문이다. 집이 아주 커서, 앨리스는 가까이 가기 전에 왼손에 든 버섯을 조금 먹고 키를 60센티미터 정도로 키웠다. 그래도 조심스럽게 다가가면서 조용히 중얼거렸다. "어쩌면 토끼가 완전히 미쳤을지도 몰라! 차라리 모자장이 집에 갈 걸 그랬나?"

정신 나간 다과회

집 앞 나무 아래 차려놓은 식탁에서 3월 토끼와 모자장이가 차를 마시고 있었다. 둘 사이에서 겨울잠쥐가 쿨쿨 자고 있었는데, 3월 토끼와 모자장이는 쥐를 쿠션 삼아 팔꿈치를 얹고 쥐의 머리 너머로 대화를 했다. '겨울잠쥐에게는 불편한 일이겠지만, 자고 있으니까 상관없을지도 몰라.' 앨리스는 생각했다.

식탁은 아주 컸는데, 셋은 모두 한 구석에 몰려 앉아 있었다. "자리 없어! 자리 없어!" 앨리스가 오는 걸 보자 그들이 소리쳤다.

"자리 많은데요!" 앨리스가 항변하고, 식탁 한쪽 끝 커다란 안락의자에 앉았다.

"와인 좀 마시렴." 3월 토끼가 다정하게 말했다.

앨리스는 식탁을 둘러보았지만 보이는 것은 차뿐이었

다. "와인이 안 보이는데요." 앨리스가 말했다.

"없어." 3월 토끼가 말했다.

"없는 걸 권하는 건 잘못 아닌가요?" 앨리스가 화가 나서 말했다.

"우리가 앉으라고도 안 했는데 앉은 너는 괜찮고?" 3월 토끼가 되물었다.

"세 분만 앉는 식탁인지 몰랐어요." 앨리스가 말했다. "차린 걸 보면 훨씬 더 많은 사람이 앉겠다 싶어서요."

"너 머리 좀 잘라야겠다." 모자장이가 말했다. 아까부터 호기심어린 눈으로 앨리스를 살펴보다가 처음으로 한 말이었다.

"함부로 말씀하지 말아주세요." 앨리스가 엄격하게 말했

다. "무례한 일이에요."

모자장이는 그 말에 눈이 휘둥그레졌지만 이렇게만 말했다. **"갈까마귀하고 책상의 공통점이 뭐지?"**

'아, 이제 재미있게 놀 수 있겠다! 이렇게 수수께끼를 냈으니 말야.' 앨리스는 이렇게 생각하고 나서 소리내 말했다. "맞혀볼게요."

"답을 찾을 수 있다는 뜻이니?" 3월 토끼가 말했다.

"네." 앨리스가 말했다.

"그러면 생각하는 대로 말해야지." 3월 토끼가 말했다.

"그렇게 하고 있어요." 앨리스가 얼른 대답했다. "어쨌든 제가 말하는 대로 생각한다고요. 둘 다 같은 말이지만요."

"전혀 달라!" 모자장이가 말했다. "그렇다면 '먹는 걸 본다'나 '보는 걸 먹는다'나 같은 뜻이라는 거잖아!"

"또 '손에 넣은 게 마음에 든다'나 '마음에 든 걸 손에 넣는다'나 같은 말이라는 거고." 3월 토끼가 덧붙였다.

"이렇게도 되지." 겨울잠쥐가 잠꼬대하듯 덧붙였다. **"자면서 숨을 쉰다'나 '숨을 쉬면서 잔다'가 같은 뜻이라고!"**

"그건 똑같은 거 맞아." 모자장이가 말하고 나자, 여기서 대화는 끊겼고, 식탁에는 한동안 침묵이 흘렀다. 그사이에 앨리스는 갈까마귀와 책상에 대해 아는 것을 모조리 떠올려보았지만, 떠오르는 게 별로 없었다. 그때 모자장이가 침묵을 깼다.

"오늘이 며칠이더라?" 모자장이가 앨리스를 돌아보며 물었다. 그러고는 주머니에서 시계를 꺼내서 걱정스레 들여 다보며 이따금 흔들어서 귀에다 댔다.

앨리스는 잠시 생각해보고 말했다. "4일이에요."

"이틀이 틀렸어!" 모자장이가 한숨을 쉬더니, 성난 눈으로 3월 토끼를 바라보며 덧붙였다. "버터는 거기 안 맞는다고 했잖아."

"최상급 버터였어." 3월 토끼가 기운 없이 말했다.

"그래, 하지만 빵 부스러기도 들어간 게 분명해." 모자장이가 투덜거렸다. "버터를 빵칼하고 같이 둔 게 잘못이야."

3월 토끼가 시계를 꺼내서 우울한 얼굴로 바라보았다. 그러더니 시계를 찻잔에 담그고 다시 보았다. 하지만 다른 말이 생각나지 않는 듯 아까 한 말을 반복했다. "알잖아, 최상 급 버터였어."

앨리스는 토끼의 시계가 신기해서 바라보다가 말했다. "특이한 시계네요! 날짜만 있고 시간 표시가 없어요!"

"왜 시간이 나와야 하는데? 네 시계에는 연도가 표시되 니?" 모자장이가 물었다.

"아뇨. 하지만 같은 해가 꽤 오래가잖아요." 앨리스가 대 답했다.

"내 것도 마찬가지야." 모자장이가 말했다.

앨리스는 너무 혼란스러웠다. 모자장이의 말이 무슨 뜻인지 도저히 이해가 안 됐지만, 외국어가 아닌 것은 분명했다. "아저씨 말은 이해하기가 힘드네요." 앨리스는 최대한 예의 바르게 말했다.

"겨울잠쥐가 다시 자네." 모자장이가 말하더니, 겨울잠쥐의 코에 뜨거운 차를 살짝 부었다.

겨울잠쥐는 짜증스레 고개를 젓고는 눈도 안 뜨고 말했다. "물론이지. 나도 그 말을 하려고 했어."

"수수께끼의 답은 찾았어?" 모자장이가 다시 앨리스를 보며 물었다.

"아뇨. 포기할게요. 답이 뭔가요?" 앨리스가 말했다.

"나도 몰라." 모자장이가 말했다.

"나도." 3월 토끼가 말했다.

앨리스가 피곤한 한숨을 쉬었다. "시간이 남는다고 답 없는 수수께끼를 내면서 그것을 허비하기보다는 다른 일을 하는 게 좋지 않을까요?"

"네가 나만큼 '시간'을 잘 안다면, '그것'을 허비한다고 하지 않을 거야." 모자장이가 말했다. "'그 사람'이라고 말해야지."

"무슨 말씀인지 모르겠어요." 앨리스가 말했다.

"당연히 모르지!" 모자장이가 한심하다는 듯 고개를 뒤로 젖히며 말했다. "너는 '시간'하고 얘기를 해본 적이 없을 테니!"

"없을 거예요." 앨리스가 조심스럽게 대답했다. "하지만 시간에 맞추려고 서두르는 일은 있어요."

"그래서 그렇구나." 모자장이가 말했다. "시간은 맞는 걸 싫어해. 네가 시간하고 친해지면, 시간은 시계를 네가 원하는 대로 해줄 거야. 예를 들어 지금이 오전 아홉 시라서 수업을 시작할 때라고 해보자. 네가 시간한테 가볍게 속삭이기만 하면, 시계가 휙 가서 점심시간인 한 시 반이 된단다!"

("그렇기만 하면 좋겠네." 3월 토끼가 혼자 조용히 속삭였다.)

"대단한 일이긴 하지만, 그러면 점심시간에 배가 고프지 않을 거예요." 앨리스가 곰곰 생각하며 말했다.

"처음에는 그렇지." 모자장이가 말했다. "하지만 네가 원하는 만큼 한 시 반이 계속될 수 있어."

"그게 아저씨의 관리법이에요?" 앨리스가 물었다.

모자장이가 서글프게 고개를 저었다. "아냐!" 그가 대답했다. "우리는 지난 3월에 싸웠어. (티스푼으로 3월 토끼를 가리켰다.) 저 친구가 미치기 직전에. 난 하트의 여왕이 연 대규모 음악회에서 노래를 해야 했어.

반짝반짝 작은 박쥐!

아름답게 춤추네!

"이 노래 알지?"

"비슷한 노랠 들어봤어요." 앨리스가 말했다.

"다음에는 이렇잖아." 모자장이가 말을 이었다.

이쪽 하늘에서도

저쪽 하늘에서도

반짝반짝…….

그때 겨울잠쥐가 잠을 자면서 부르르 떨더니 **반짝반짝, 반짝반짝……**" 하고 노래를 시작했는데, 그러고는 끝내지를 않아서 모자장이와 3월 토끼가 그만하라고 꼬집어야 했다.

"그런데 1절도 안 끝났는데, 여왕이 벌떡 일어나서 소리쳤어." 모자장이가 말했다. "저자가 시간을 살해하고 있다! 저자의 목을 베어라!'라고 말이야."

"너무 잔인해요!" 앨리스가 소리쳤다.

"그 뒤로 시간은 내 부탁을 들어주지 않아." 모자장이가 서글픈 목소리로 말을 이었다. "지금은 항상 여섯 시야."

앨리스의 머릿속에 불이 반짝 켜졌다. "그래서 여기 이렇게 찻잔 세트가 많은 거예요?" 앨리스가 물었다.

"맞아." 모자장이가 한숨을 쉬면서 대답했다. "항상 티타임이니까. 중간에 설거지를 할 시간이 없어."

"그래서 식탁 자리만 옮겨가면서 앉는 거로군요?" 앨리스가 말했다.

"맞아, 찻잔을 다 쓰면." 모자장이가 인정했다.

"하지만 다시 첫 자리로 돌아가면 어떻게 해요?" 앨리스가 용기를 내 물었다.

"다른 이야기를 하자." 3월 토끼가 하품을 하며 가로막았다. "난 이 일이 지겨워졌어. 이 어린 친구가 우리한테 이야기를 해줬으면 좋겠어."

"저는 아는 이야기가 없어요." 앨리스가 토끼의 부탁에 놀라서 말했다.

"그러면 겨울잠쥐한테 시키자!" 모자장이와 3월 토끼가 함께 외쳤다. "일어나, 겨울잠쥐!" 그리고 둘은 양쪽에서 겨울잠쥐를 꼬집었다.

겨울잠쥐는 천천히 눈을 떠 갈라진 목소리로 힘없이 말했다. "자는 거 아니야. 너희가 하는 말 다 들었어."

"이야기를 해줘!" 3월 토끼가 말했다.

"네, 해주세요!" 앨리스가 부탁했다.

"빨리 해. 어물거리다간 네가 또 잠들어버릴 거야." 모자장이가 말했다.

"옛날옛날에 세 자매가 있었어." 겨울잠쥐가 서둘러 이야기를 시작했다. "이름은 엘시, 레이시, 틸리였는데, 모두 우물 바닥에 살았지……."

"뭘 먹고 살았나요?" 언제나 먹는 일에 관심이 많은 앨리스가 물었다.

"당밀을 먹고 살았어." 겨울잠쥐가 잠시 생각해보고 말했다.

"그럴 순 없어요. 병이 날 거예요." 앨리스가 부드럽게 말했다.

"맞아, 그래서 세 자매는 건강이 안 좋았어." 겨울잠쥐가 말했다.

앨리스는 그런 특이한 생활 방식을 상상해보려고 했지만, 아무래도 너무 이상해서 다시 물었다. "그런데 왜 우물 바닥에서 살아요?"

"차를 더 마시렴." 3월 토끼가 앨리스에게 진지하게 말했다.

"아직 한 모금도 안 마셨어요." 앨리스가 기분이 나빠져서 말했다. "그러니까 더 마시는 건 불가능해요."

"'덜' 마시는 게 불가능하다고 해야지." 모자장이가 말했다. "0모금보다 '더' 마시는 건 아주 쉬워."

"아저씨한테 한 말 아니에요." 앨리스가 말했다.

"함부로 말하는 게 누구지?" 모자장이가 우쭐해하며 말했다.

앨리스는 뭐라고 대꾸해야 할지 몰라서 차를 조금 마시고 버터 바른 빵을 먹은 뒤 겨울잠쥐에게 아까 한 질문을 다시 했다. "세 자매는 왜 우물 바닥에서 살았나요?"

겨울잠쥐는 잠시 생각해보더니 말했다. "그게 당밀 우물이었거든."

"그런 건 없어요!" 앨리스가 반박했다.

모자장이와 3월 토끼는 "쉿! 쉬잇!" 했고, 겨울잠쥐는 부루퉁하게 "예의 바르게 듣지 않겠다면 네가 이야기를 마무리하렴" 하고 말했다.

"아뇨, 계속해주세요." 앨리스가 얌전하게 말했다. "다시는 방해하지 않을게요. 아니, 아마 하나쯤은 있을 거 같아요."

"하나라니!" 겨울잠쥐가 발끈했다. 하지만 어쨌든 이야기를 계속했다. "그리고 이 세 자매는…… '그리기'를 배웠어."

"뭘 그려요?" 앨리스가 약속도 잊고 물었다.

"당밀을." 겨울잠쥐가 이번에는 곧장 대답했다.

"깨끗한 잔이 필요해." 모자장이가 겨울잠쥐의 이야기를 자르고 말했다. "모두 옆으로 한 자리씩 옮기자."

모자장이가 움직이자 겨울잠쥐도 따라 움직였다. 3월 토끼가 겨울잠쥐의 자리로 갔고, 앨리스는 미적거리며 3월 토끼의 자리에 갔다. 자리가 바뀌어서 득을 본 것은 모자장이뿐이었고, 앨리스는 아까보다 더 나빠졌다. 3월 토끼가 방금 전 접시에 우유를 엎질렀기 때문이다.

앨리스는 다시 겨울잠쥐를 화나게 하고 싶지 않아서 조심스럽게 말했다. "하지만 이해가 안 돼요. 당밀을 그리는 재료는 어디서 나죠?"

"당밀 우물에서는 당연히 당밀이 재료지, 바보야." 모자장이가 말했다.

"당밀로 당밀을 그린다고요?" 앨리스는 마지막 대목은 못 들은 척하고 물었다.

"그럼." 겨울잠쥐가 말했다.

앨리스는 그 대답이 너무 혼란스러워서 한동안 겨울잠쥐의 이야기를 가만히 듣기만 했다.

"세 자매는 '그리기'를 배웠어." 겨울잠쥐는 말을 이었지만, 점점 잠이 밀려와서 하품을 하고 눈을 비볐다. "온갖 것을 그렸지. 'ㄷ'자로 시작하는 모든 것을."

"왜 디귿이에요?" 앨리스가 물었다.

"안 될 이유 없잖아?" 3월 토끼가 말했다.

앨리스는 입을 다물었다.

겨울잠쥐는 눈을 감고 졸음 속으로 빠져들었지만, 모자 장이가 꼬집자 작은 비명을 지르며 다시 깨어났다. "그러니까 덫, 달, 돌이킴, 다수 같은 거…… '대다수' 같은 것도 있고…… 다수를 그리는 거 본 적이 있니?"

"그런 건 전혀……." 앨리스가 어리둥절한 느낌 속에 말했다.

"그러면 말하지 마." 모자장이가 말했다.

앨리스는 더는 이런 무례를 견딜 수 없었다. 그래서 화를 내며 벌떡 일어나서 식탁을 떠났다. 그러자 겨울잠쥐는 바로 잠들었고, 다른 둘은 앨리스가 떠나든 말든 신경쓰지 않았다. 앨리스는 혹시 자기를 다시 부르려나 하고 한두 번 돌아보았다. 하지만 마지막으로 돌아보았을 때, 그들은 겨울 잠쥐를 찻주전자에 넣으려고 하고 있었다.

"다시는 저기 가지 않을 거야!" 앨리스가 숲속을 걸으면서 말했다. "저렇게 바보 같은 다과회는 평생 처음 봐!"

그때 눈앞에 나무 한 그루가 나타났고, 거기에 문이 달린 게 보였다. '이상하네!' 앨리스는 생각했다. '하지만 오늘은 모든 게 이상해. 한번 들어가 봐도 괜찮겠지.' 그리고 안으로 들어갔다.

안에 들어가니 다시 긴 복도가 나타났고, 가까운 곳에 작은 유리 탁자가 보였다.

"이번에는 아까보다 잘할 거야." 앨리스는 작은 금색 열쇠를 집어 들고 정원으로 가는 문을 열었다. 그런 뒤 버섯 조각을 먹고(주머니에 한 조각이 있었다) 키를 30센티미터 정도로 줄여서 작은 통로를 지났다. 마침내 아름다운 화단과 시원한 분수가 있는 정원에 들어섰다.

여왕의 크로케 경기

정원 입구에는 커다란 장미 나무가 서 있었다. 거기에 핀 장미꽃들은 하얀색인데, 정원사 셋이 부지런히 빨간색으로 칠하고 있었다. 앨리스가 신기해서 가까이 가보니, 한 정원사가 "조심해, **다섯**! 나한테 물감을 튀기면 안 돼!" 하고 말하는 소리가 들렸다.

"어쩔 수 없었어." **다섯**이 부루퉁하게 말했다. "**일곱**이 내 팔꿈치를 쳤단 말야."

그러자 **일곱**이 고개를 들고 말했다. "그래, **다섯**! 언제나 내 잘못이지!"

"아무 말도 하지 마!" **다섯**이 말했다. "여왕님이 네 목을 베어야 한다고 말씀하신 게 겨우 어제야!"

"왜?" 처음에 말한 정원사가 말했다.

"네가 상관할 일이 아니야, **둘**!" **일곱**이 말했다.

"쟤도 상관할 일이야!" **다섯**이 말했다. "내가 말해주지. 요리사한테 양파 대신 튤립 뿌리를 가져다줬거든."

일곱이 붓을 던지면서 "이런 모든 부당한 일 가운데……" 하고 말하다가 자신들을 바라보는 앨리스를 발견하고 입을 딱 다물었다. 다른 이들도 돌아보더니 모두 허리를 깊이 숙여 절했다.

"저기요……." 앨리스가 망설이면서 물었다. "**왜 장미에 색을 칠하시는 거예요?**"

다섯과 **일곱**은 아무 말도 하지 않고 **둘**을 바라보았다. **둘**이 입을 열어 나직하게 말했다. "사실 이 나무는 붉은 장미 나무여야 했어요. 그런데 우리가 실수로 흰 장미를 심었죠.

여왕님이 이 사실을 아시게 되면 우리 모두 목이 잘려요. 그 래서 여왕님이 오시기 전에 최선을 다해서……."

그 순간 불안하게 정원을 돌아보던 **다섯**이 소리쳤다. "여왕님이 오신다! 여왕님이!"

그러자 세 정원사가 재빨리 바닥에 얼굴을 대고 엎드렸다. 여럿의 발소리가 났고, 앨리스는 여왕이 누구인지 보고 싶어서 고개를 돌렸다.

처음에는 몽둥이를 든 군인 열이 왔다. 그들은 세 정원사처럼 길쭉하고 납작한 사각형 몸통이었고, 사각의 각 모퉁이에 손과 발이 있었다. 다음으로는 신하 열이 왔다. 그들은 온몸을 다이아몬드로 장식하고 군인들처럼 둘씩 짝을 지어 왔다. 그 뒤로는 왕실 아이들이 왔다. 모두 열이었고, 서로 짝을 지어 손에 손을 잡고 즐겁게 깡충거렸다. 아이들은 다들 하트로 장식되어 있었다. 다름으로는 손님들이 왔는데, 대부분 왕과 왕비 들이었지만 그중에 하얀 토끼도 있었다. 토끼는 다급하게 떠들면서 앞에 설명한 모두에게 미소를 지어 보였고, 앨리스를 알아보지 못하고 지나갔다. 그 뒤를 '하트의 잭'이 왕관을 얹은 진홍색 벨벳 쿠션을 들고 따랐고, 이 웅장한 행렬 맨 마지막에 **하트의 왕과 하트의 여왕**이 왔다.

앨리스는 자신도 정원사들처럼 바닥에 엎드려야 하나 생각했지만, 왕실 행렬 중에 그런 규칙이 있다는 말은 들어

본 적이 없었다. '그리고 사람들이 전부 얼굴을 바닥에 대고 엎드리면, 아무도 행렬을 볼 수 없잖아?' 앨리스는 그렇게 생각하고 가만히 서서 기다렸다.

행렬이 앨리스 앞에 이르자 모두 멈추어서 앨리스를 바라보았고, 여왕이 엄격한 목소리로 하트 잭에게 물었다. "이 아이는 누구지?" 그러자 하트 잭은 목례를 하고 말없이 미소만 지었다.

"이런 바보!" 여왕이 말하고 머리를 뒤로 젖히더니 앨리스에게 물었다. **"네 이름이 뭐지?"**

"제 이름은 앨리스입니다, 폐하." 앨리스는 예의 바르게 말했지만 속으로는 이렇게 생각했다. '겨우 트럼프 카드일 뿐이니까 겁낼 거 없어!'

"그리고 이들은 누구지?" 여왕이 장미 나무 앞에 엎드린 정원사 셋을 가리키며 물었다. 정원사들은 얼굴을 바닥에 대고 엎드려 있었는데, 카드 뒷면은 모두 똑같아서 여왕은 그게 정원사인지, 군인인지, 신하인지, 자기 아이들인지 알 수가 없었다.

"제가 어떻게 알아요?" 앨리스는 자신의 대담함에 놀랐다. "제가 상관할 일이 아닌걸요."

여왕은 분노에 얼굴이 빨개졌고, 잠시 야수처럼 앨리스를 노려보다가 소리쳤다. **"저것의 목을 베라! 목을⋯⋯."**

"말도 안 돼요!" 앨리스가 큰 목소리로 잘라 말하자, 여왕이 입을 다물었다.

왕이 여왕의 팔에 손을 얹고 소심하게 말했다. "여보, 아직 어린애예요!"

여왕은 화가 나서 왕에게서 고개를 홱 돌리고 하트 잭에게 말했다. "저자들을 뒤집어라!"

잭이 한쪽 발로 조심조심 그들을 뒤집었다.

"일어나라!" 여왕이 날카롭게 소리를 질렀고, 세 정원사는 벌떡 일어나서 왕, 여왕, 왕실 자녀를 비롯해서 거기 있는 모든 이에게 허리를 굽혀 굽신굽신 절을 했다.

"그만해! 어지럽다." 여왕이 악을 썼다. 그런 뒤 장미 나무로 눈을 돌리고 말했다. "여기서 뭘 하고 있던 거지?"

"폐하께 이실직고하자면 저희는……." 둘이 한쪽 무릎을 꿇으며 조심스런 목소리로 말했다.

"알겠다!" 그사이에 장미꽃을 살펴본 여왕이 말했다. **"이자들의 목을 베라!"** 그런 뒤 행렬은 다시 움직였다. 군인 셋이 불쌍한 정원사들을 처형하려고 남았고, 정원사들은 도움을 청하려고 앨리스에게 달려갔다.

"아저씨들 목이 잘리는 일은 없을 거예요!" 앨리스가 말하고, 그들을 근처에 있는 커다란 화분 안에 넣었다. 군인들은 한동안 정원사들을 찾다가 행렬을 따라 떠났다.

"목은 베었느냐?" 여왕이 소리쳤다.

"그자들의 머리는 사라졌습니다, 폐하!" 군인들이 소리쳐 대답했다.

"좋다!" 여왕이 소리치고 다시 말했다. "크로케는 할 줄 알지?"

군인들은 말없이 앨리스를 바라보았다. 그것은 분명 앨리스에게 한 질문이었다.

"네!" 앨리스가 소리쳤다.

"그럼 가자!" 여왕이 외쳤다. 앨리스는 다음에는 무슨 일이 벌어질지 궁금해하며 행렬에 합류했다.

"오늘은 나…… 날씨가 아주 좋네!" 앨리스 옆에서 누가 소심하게 말했다. 하얀 토끼가 앨리스 옆에서 걸으며 앨리스의 얼굴을 슬쩍슬쩍 보았다.

"네, 그런데 공작님은 어디 계시나요?" 앨리스가 물었다.

"조용! 조용!" 토끼가 서둘러 말했다. 그리고 불안한 얼굴로 뒤를 돌아보더니 깨금발로 키를 키우고 앨리스에게 귓속말을 했다. "사형 선고를 받았어."

"아니, 왜요?" 앨리스가 물었다.

"지금 '안됐네요'라고 했니?" 토끼가 물었다.

"아뇨. 안됐다고 생각할 일은 아닌 것 같아요. 그냥 '왜'냐고 물었어요." 앨리스가 말했다.

"여왕님 따귀를 때렸거든……." 토끼가 말했다. 앨리스는 웃음이 터져나오려고 했다. "아, 조용히!" 토끼가 겁먹은 목소리로 속삭였다. "여왕님이 듣겠다! 공작님이 약간 늦었는데, 여왕님이……."

"모두 자기 자리로!" 여왕이 천둥 같은 목소리로 소리치자 다들 서로 마구 부딪치면서 사방으로 뛰었다. 하지만 곧 모두 자리를 잡았고 경기가 시작되었다. 앨리스는 이렇게 이상한 크로케 경기장은 난생 처음이었다. 경기장이 온통 이랑과 고랑이었다. 거기다 공은 살아 있는 고슴도치고, 방망이는 살아 있는 홍학인 데다, 군인들이 두 손 두 발로 바닥을 짚고 몸을 둥글게 굽혀 기둥 문을 만들었다.

앨리스에게 가장 먼저 닥친 어려움은 홍학을 다루는 일이었다. 홍학 다리를 아래쪽으로 해서 겨드랑이에 편안하게 끼는 데는 성공했지만, 홍학 목을 쭉 펴서 그 머리로 고슴도치를 치려고 하면 홍학이 목을 위로 들어올려 놀란 얼굴로 앨리스를 바라보았는데, 그 표정이 너무 웃겨서 앨리스는 웃음을 터뜨리지 않을 수 없었다. 그리고 앨리스가 홍학 목을 펴서 다시 시작하려고 하면, 어느새 고슴도치가 몸을 펴고 다른 데로 떠나갔다. 거기다가 고슴도치를 굴려보내려는 곳은 어디나 이랑과 고랑이었고, 기둥 문을 만든 군인들도 자

꾸 일어나서 다른 곳으로 갔다. 앨리스는 정말로 어려운 경기라고 결론을 내리지 않을 수 없었다.

선수들은 차례를 기다리지 않고 마구 나섰고, 경기 내내 다투었으며, 서로 고슴도치를 잡겠다고 싸웠다. 그래서 여왕은 금세 맹렬한 분노에 사로잡혀서 발을 구르며 1분에 한 번꼴로 **"이자의 목을 베어라!" "저자의 목을 베어라!"** 하고 소리쳤다.

앨리스는 차츰 불안해졌다. 자신은 아직 여왕과 충돌하지 않았지만, 언제 그렇게 될지 몰랐다. '그러면 어떻게 되는 걸까?' 앨리스는 생각했다. '여기선 목을 베는 걸 엄청 좋아해. 그런데도 어떻게들 살아남았는지 신기할 지경이야!'

앨리스는 몰래 달아날 길이 있을까 주변을 둘러보다가 공중에 신기한 것이 나타나는 광경을 보았다. 처음에는 저게 무얼까 궁금했지만, 잠시 바라보니 미소라는 걸 알 수 있었다. 앨리스가 혼잣말을 했다. "체셔 고양이구나. 이제 말할 상대가 생겼다."

"어떻게 되고 있어?" 말을 할 수 있을 만큼 입이 나타나자 고양이가 물었다.

앨리스는 고양이의 눈이 나타날 때까지 기다렸다가 고개를 끄덕였다. '귀가 한쪽이라도 나타나기 전에는 말을 해 봐야 소용없어.' 앨리스는 생각했다. 잠시 후 머리 전체가 나타나자, 앨리스는 홍학을 내려놓고 이야기 상대가 생긴 것을 기뻐하면서 경기 소식을 전했다. 고양이는 이만하면 됐다고 생각하는지 더는 나타나지 않았다.

"경기가 너무 이상해." 앨리스가 불만스런 목소리로 말했다. "그리고 모두가 너무 심하게 싸워서, 자기가 하는 말도 못 들을 지경이야. 그리고 규칙이라곤 아무것도 없는 것 같아. 혹시 있다 해도 아무도 신경을 안 써. 그리고 장비들이 살아 있는 동물이라는 게 얼마나 힘든지 넌 모를 거야. 공을 보내야 할 기둥 문이 다음 순간에 다른 곳으로 가버린다고 생각해봐. 방금 전에는 여왕의 고슴도치를 쳐야 했는데, 여왕의 고슴도치가 내 고슴도치를 보더니 달아나버렸어!"

"여왕에 대해서는 어떻게 생각해?" 고양이가 나직하게 말했다.

"별로야. 여왕님은 너무……." 앨리스는 그러다가 여왕이 바로 뒤에 와서 귀를 기울이고 있는 것을 알아차리고 말했다. "실력이 너무 좋아서 경기를 끝까지 하는 게 의미가 있을까 싶어."

여왕은 미소를 짓고 지나갔다.

"누구하고 이야기하는 거니?" 왕이 앨리스에게 다가와서 고양이의 얼굴을 신기하게 바라보며 물었다.

"제 친구, 체셔 고양이에요. 소개해드릴까요?" 앨리스가 말했다.

"생긴 게 마음에 들지 않는다만, 원한다면 내 손에 입을 맞추는 걸 허락하마." 왕이 말했다.

"안 하는 게 좋을 것 같네요." 고양이가 말했다.

"무례하구나. 그리고 고양이 주제에 나를 그렇게 보다니!" 왕이 말하면서 앨리스의 뒤쪽으로 갔다.

"고양이라도 왕을 바라볼 권리는 있어요." 앨리스가 말했다. "어떤 책에서 그런 말을 봤는데, 어떤 책인지는 잊었네요."

"어쨌든 고양이를 없애야겠다." 왕이 단호하게 말하고, 마침 옆을 지나가던 여왕을 불렀다. "여보! 당신이 이 고양이를 없애주면 좋겠어요!"

여왕이 문제를 해결하는 방법은 큰 문제에 대해서건 작은 문제에 대해서건 한 가지뿐이었다. **"목을 베요!"** 여왕은 고개도 돌리지 않고 말했다.

"내가 직접 집행인을 불러오리다." 왕이 말하고 급하게 떠났다.

앨리스는 돌아가서 경기가 어떻게 되어 가는지 보아야겠다 싶었다. 멀리서 여왕이 맹렬히 외치는 소리가 들렸기 때문이다. 그사이에 여왕은 이미 자기 차례를 놓쳤다는 이유로 세 선수에게 사형 선고를 내렸고, 앨리스는 경기가 너무 혼란스러워서 자기 차례가 언제인지도 알 수 없었기 때문에,

모든 게 마음에 들지 않았다. 그래서 자기 고슴도치를 찾으러 갔다.

앨리스의 고슴도치는 다른 고슴도치와 싸우고 있었다. 앨리스는 이 기회에 고슴도치들을 서로 부딪치게 해 튕겨내는 크로케 플레이를 할 수 있겠다고 생각했다. 하지만 안타깝게도 앨리스의 홍학이 정원 저편으로 가버렸다. 홍학이 나무 위로 날아오르려고 헛되이 애를 쓰는 모습이 보였다.

앨리스가 홍학을 다시 잡아서 데려와 보니, 싸움은 끝나고 고슴도치들은 보이지 않았다. '하지만 상관없어. 이쪽 기둥 문들도 전부 사라졌으니까.' 앨리스는 생각했다. 그래서 홍학이 다시 달아나지 못하게 겨드랑이에 끼고, 고양이와 이야기를 조금 더 하려고 갔다.

체셔 고양이에게 돌아갔더니, 놀랍게도 고양이 앞에 많은 사람이 모여 있었다. 사형 집행인과 왕과 여왕이 말다툼에 빠져서 셋이 한꺼번에 말을 했지만, 다른 이들은 모두 불편한 표정으로 침묵을 지키고 있었다.

앨리스가 나타나자, 셋 모두 앨리스에게 문제를 해결해달라며 각자 주장을 펼쳤는데, 모두가 한꺼번에 말하는 바람에 앨리스는 이야기를 알아듣기가 몹시 힘들었다.

사형 집행인의 주장은 몸통이 없으면 목을 벨 수가 없다는 것이었다. **자신은 그런 일은 한 적이 없고**, 평생 그런 일을

시도하지 않을 거라고 했다.

왕은 **머리만 있으면 머리를 자를 수 있으니** 그런 헛소리는 하지 말라고 주장했다.

여왕은 지금 당장 아무 일이라도 하지 않으면 거기 있는 **모두의 목을 베겠다고 주장했다**(이 마지막 말에 모두 심각하고 불안한 표정이 되었다).

앨리스가 생각할 수 있는 답은 하나뿐이었다. "그건 공작님이 아세요. 그분께 물어보는 게 좋겠어요."

"공작은 감옥에 있어." 여왕이 사형 집행인에게 말했다. "가서 데리고 와." 사형 집행인은 쏜살처럼 달려갔다. 그런데 사형 집행인이 떠나자마자 고양이 머리가 희미해지기 시작하더니, 그가 공작과 함께 돌아왔을 때는 완전히 사라지고 없었다. 그래서 왕과 사형 집행인은 정신없이 고양이 머리를 찾아다녔고, 나머지는 경기로 돌아갔다.

모조 거북 이야기

"다시 봐서 정말 기쁘구나, 사랑스러운 것!" 공작은 그렇게 말하며 다정하게 앨리스의 팔짱을 끼고 걸어갔다.

앨리스는 공작이 그렇게 상냥해서 기뻤고, 둘이 부엌에서 처음 만났을 때는 아마 후추 때문에 사나웠던 거라는 생각이 들었다.

"내가 공작이 되면." 앨리스는 혼잣말을 했다. (그렇게 희망적인 말투는 아니었지만) "부엌에 후추를 두지 않겠어. 수프에 후추가 꼭 필요한 건 아니야. 사람들이 성미가 사나워지는 건 다 후추 때문일 수도 있어." 앨리스는 새로운 법칙을 발견했다고 기뻐하면서 계속 종알거렸다. "식초는 사람들을 시큼떨떠름하게 만들고, 캐모마일은 씁쓸하게 만들어. 하지만 사탕 같은 건 아이들을 상냥하게 만들지. 사람들이 그걸 알면 좋겠어. 그러면 사탕을 그렇게 아끼지 않을 거야……."

앨리스는 생각을 하느라 잠시 공작을 잊었고, 귓가에 공작의 목소리가 들리자 살짝 놀랐다. "너 지금 생각에 빠져서 말을 잃었구나. 거기서 무슨 교훈을 얻을지 지금은 말할 수 없지만, 금세 생각해낼 거야."

"아마 없을걸요." 앨리스가 용기를 내서 말했다.

"쯧쯧, 이 세상에 교훈이 없는 건 없어! 네가 찾지 못할 뿐이지." 공작이 말했다. 그러면서 앨리스에게 몸을 바짝 붙였다.

앨리스는 공작과 이렇게 가까이 있고 싶지 않았다. 공작이 아주 못생겨서 그렇기도 했지만, 그것말고도 부인 키가 앨리스의 어깨에 턱을 얹는 데 딱 알맞은 정도인 데다 그 턱이 유난히 뾰족했기 때문이다. 하지만 앨리스는 무례한 아이가 되기 싫어서 최대한 참았다.

"이제는 경기가 좀 더 잘 돌아가겠네요." 앨리스가 대화를 계속해보려고 말했다.

"그래. 그 교훈은 말이지……." 공작이 말했다. "**아, 세상을 돌아가게 하는 건 사랑이로다!**'라는 거야."

"세상을 돌아가게 하는 건 모든 사람이 자기 일에만 신경을 쓰는 거라고 들었는데요!" 앨리스가 속삭였다.

"그래! 거의 같은 뜻이야." 공작이 뾰족한 턱으로 앨리스의 어깨를 깊이 찌르면서 덧붙였다. "그리고 그 교훈은 '**쥐뿔**

모아 재산'이라는 거지."

'이분은 말 한 마디 한 마디 할 때마다 교훈을 찾으시네!' 앨리스는 생각했다.

"내가 왜 네 허리에 팔을 두르지 않는지 궁금하겠지?" 공작이 잠시 침묵하다가 말했다. "그건 네 홍학의 성미를 믿을 수 없기 때문이야. 한번 실험해볼까?

"물지도 몰라요." 앨리스는 그 실험이 별로 달갑지 않아서 조심스럽게 대답했다.

"그래." 공작이 말했다. "홍학은 물고 겨자는 쏘지. 이 교훈은 **'새는 새끼리, 유유상종'**이라는 거야."

"하지만 겨자는 새가 아니에요." 앨리스가 말했다.

"맞아, 언제나 그렇듯이 말을 참 야무지게 하는구나!" 공작이 말했다.

"아마 광물일 거예요." 앨리스가 말했다.

"당연하지." 공작이 말했다. 부인은 앨리스가 하는 모든 말에 동의하고 싶은 모양이었다. "이 근처에 큰 겨자 광산이 있어. 이 교훈은 **'광산이 높다 한들 하늘 아래 뫼이로다'**지."

"아, 생각났어요!" 앨리스가 부인의 마지막 말은 듣지 않고 소리쳤다. "겨자는 채소예요. 별로 채소 같이 생기진 않았지만, 그래도 채소예요."

"내 생각도 그래." 공작이 말했다. "이 교훈은 **'생긴 대로 살자'**야. 좀 더 간단히 말하면 '자기 자신을 생각할 때 다른 사람이 자신을 보고 자신에 대해 생각한다고 생각하는 생각을 명심하고, 그들이 생각하거나 예상한다고 생각하는 것과 다른 모습으로 보일 생각은 할 만한 생각이 아니고 생각할 생각도 하지 말라'는 거지."

"글로 읽으면 더 잘 이해할 것 같은데, 말로 들으니 무슨 말씀인지 잘 모르겠어요." 앨리스가 예의 바르게 말했다.

"더 간단하게 말해줄 수도 있어." 공작이 유쾌한 목소리로 대답했다.

"제발, 그보다 더 길게 말하려고 애쓰지 않으셔도 돼요."

앨리스가 말했다.

"애를 쓰기는!" 공작이 말했다. **"내가 여태 한 모든 말은 너한테 주는 선물이란다."**

'선물 치고 너무 별볼일 없지 않나? 사람들이 이런 걸 생일 선물로 주지 않으니 다행이야.' 앨리스는 그렇게 생각했지만, 소리 내 말하지는 않았다.

"또 생각에 빠진 거야?" 공작이 다시 한번 턱으로 앨리스의 어깨를 찍어 누르며 물었다.

"생각하는 건 제 권리예요." 앨리스는 조금씩 귀찮아지기 시작해서 날카롭게 대꾸했다.

"그건 돼지가 하늘을 날 권리하고 비슷하지." 공작이 말했다. "그리고 그 교……."

하지만 놀랍게도 여기서 공작의 목소리가 작아졌고, 부인은 가장 좋아하는 '교훈'이라는 말도 미처 하지 못했다. 앨리스에게 팔짱을 낀 부인의 팔이 덜덜 떨렸다. 앨리스가 고개를 들어보니, 두 팔을 가슴 앞에 팔짱을 끼고 금방이라도 천둥을 칠 듯 사납게 인상을 쓴 여왕이 앞에 있었다.

"날씨가 무척 좋습니다, 폐하!" 공작이 힘없는 목소리로 말했다.

"내가 경고 하나 하지." 여왕이 발로 바닥을 탕 구르면서 소리쳤다. **"몸 전체가 사라지든지 머리가 사라지든지 둘 중 하**

나를 선택해. 당장!"

공작은 선택을 했고, 곧장 사라졌다.

"경기를 계속하자." 여왕이 앨리스에게 말했다. 앨리스는 너무 겁이 나서 아무 말도 하지 못하고 천천히 여왕을 따라 크로케 경기장으로 돌아갔다.

다른 손님들은 여왕이 없는 틈을 타서 그늘에서 쉬고 있었다. 하지만 여왕을 보자 허겁지겁 경기장으로 돌아왔고, 여왕은 한순간이라도 지체하려면 목숨을 내놓으라고만 말했다.

경기가 이어지는 내내 여왕은 선수들과 싸우며 **"저자의 목을 베어라!"** 또는 **"이자의 목을 베어라!"** 하고 소리쳤다. 여왕이 사형 선고를 내리면 군인들이 그들을 데려갔고, 그러려면 기둥 문을 만들 수 없었기에 30분쯤 지나자 기둥 문이 하나도 남지 않았다. 그리고 왕과 여왕과 앨리스를 뺀 모든 선수가 사형 선고를 받았다.

그러자 여왕이 숨을 헐떡이며 경기를 그만두고 앨리스에게 말했다. "너 모조 거북을 본 적이 있니?"

"아뇨. 모조 거북이 뭔지도 몰라요." 앨리스가 말했다.

"모조 거북 수프의 재료지." 여왕이 말했다.

"본 적도 없고, 들은 적도 없어요." 앨리스가 말했다.

"그러면 가자, 모조 거북이 너한테 자기 이야기를 들려줄 거야." 여왕이 말했다.

앨리스가 여왕과 함께 걸어가는데, 왕이 조그맣게 모두에게 말하는 소리가 들렸다. **"모두 사면되었소."**

'잘 됐네!' 앨리스는 생각했다. 여왕이 사형 선고를 너무 많이 내려서 속상했기 때문이다.

그들은 곧 그리핀을 마주쳤다. 그리핀은 햇빛 속에 누워 곤히 잠들어 있었다. (그리핀이 뭔지 모른다면 그림을 보자.) "일어나, 천하의 게으름뱅이!" 여왕이 말했다. "이 아가씨를 모조 거북에게 데려가서 거북의 이야기를 들려줘. 나는 돌아가서 내가 내린 사형 선고들을 살펴보겠어." 그러더니 여왕은 앨리스를 그리핀에게 남겨두고 떠났다. 앨리스는 그리핀의 생김새가 별로 마음에 들지 않았지만, 사나운 여왕과 함께 다닌다고 해서 그리핀 옆에 있는 것보다 나을 듯하진 않아서 가만히 있었다.

그리핀은 일어나 앉아서 눈을 비볐다. 그리고 여왕이 눈앞에서 사라질 때까지 뒷모습을 가만 바라보다가 킥킥 웃었다. "재미있군!" 그 말은 혼잣말 같기도 하고, 앨리스에게 하는 말 같기도 했다.

"뭐가?" 앨리스가 말했다.

"여왕 말야." 그리핀이 말했다. "다 착각이야. 아무도 처형당하지 않아. 가자!"

'모두가 가자! 그러네, 여기에선.' 앨리스는 생각하면서, 천천히 그리핀을 따라갔다. '평생 이렇게 명령을 많이 받은 적이 없어!'

얼마 가지 않아서 멀리 모조 거북이 보였다. 거북은 작고 평평한 바위에 서글픈 모습으로 외로이 앉아 있었는데, 어느 정도 가까워지니 큰 슬픔을 당한 듯 한숨을 쉬는 소리도 들렸다. 앨리스는 거북이 불쌍했다. "거북은 왜 슬픈 거야?" 앨리스가 그리핀에게 물었다.

그리핀은 방금 전과 거의 비슷한 말로 대답했다. "다 착각이야. 거북에게 슬픈 일은 없어. 가자!"

그들은 모조 거북에게 다가갔고, 거북은 눈물이 그렁그렁한 큰 눈으로 그들을 바라보았지만, 입은 열지 않았다.

"여기 이 아이가 네 이야기를 듣고 싶어해." 그리핀이 말했다.

"그래, 얘기해줄게." 모조 거북이 힘없는 목소리로 대꾸했다. "둘 다 앉아. 그리고 내가 이야기를 끝낼 때까지 한마디도 하지 마."

그들이 자리에 앉았지만 모조 거북은 한동안 아무도 말을 하지 않았다. 앨리스는 '시작도 하지 않는데 어떻게 끝낸다는 거지?' 하는 생각이 들었지만 참을성 있게 기다렸다.

"옛날에 내가 진짜 거북이었을 때." 모조 거북이 마침내 깊은 한숨과 함께 입을 열었다.

그 말을 한 뒤 아주 오랜 침묵이 이어졌고, 이따금 그리핀이 내는 **"흐크르!"** 같은 소리와 모조 거북의 끊임없는 흐느낌만이 침묵을 깨곤 했다. 앨리스는 일어나서 "흥미로운 이야기 잘 들었습니다. 감사합니다" 하고 말하고 싶었지만, 아무래도 무언가 있을 거라는 생각에 계속 입을 다물고 앉아서 기다렸다.

"우리가 어렸을 때 말이야." 마침내 모조 거북이 말했다. 아까보다는 차분했지만, 여전히 흐느낌이 배어 있는 목소리였다. "우리는 바다에 있는 학교에 갔어. 선생님은 나이 든 바다거북이었지만, 우리는 인도거북님이라고 불렀어……."

"인도거북이 아닌데 왜 인도거북이라고 불렀나요?" 앨리스가 물었다.

"그분이 우리를 가르쳐서 인도했으니까. 너 정말 멍청하

구나!" 모조 거북이 발끈하며 말했다.

"그렇게 단순한 질문을 하다니 부끄러운 줄 알아야 해."
그리핀이 덧붙였다. 그리고 둘은 조용히 앨리스를 바라보았
다. 앨리스는 땅속으로 꺼져버리고 싶었다. 마침내 그리핀이
모조 거북에게 말했다. **"얼른 해, 친구! 하루 종일 뭉개지 말
고!"** 그러자 거북이 말했다.

"그래, 우리는 바다에 있는 학교를 갔어. 너는 안 믿을지
모르지만……."

"안 믿는다고 안 했어요!" 앨리스가 끼어들었다.

"했어." 모조 거북이 말했다.

"입 다물어!" 앨리스가 반박할 겨를도 없이 그리핀이 말했다. 모조 거북은 이야기를 계속했다.

"우리는 최고의 교육을 받았어. 사실, 우리는 매일 학교에 갔어……."

"저도 학교에 다녀요. 그렇게 자랑하실 필요는 없어요." 앨리스가 말했다.

"방과 후 수업도 해?" 모조 거북이 약간 불안하게 물었다.

"네. 프랑스어와 음악 수업을 들어요." 앨리스가 말했다.

"빨래도?" 모조 거북이 말했다.

"당연히 안 배웠죠!" 앨리스가 발끈했다.

"그러면 그렇게 좋은 학교는 아니었네." 모조 거북이 크게 안심한 목소리로 말했다. "우리 학교는 시간표 끝에 방과 후 수업으로 '프랑스어, 음악, 빨래'가 있었어."

"바다에 살면 빨래 수업을 들을 필요가 별로 없지 않나요?" 앨리스가 물었다.

"나는 못 배웠어. 돈이 없어서 정규 수업만 들었거든." 모조 거북이 한숨을 쉬며 말했다.

"정규 수업은 뭐였나요?" 앨리스가 물었다.

"처음에는 물론 앞파벳과 뒤파벳이지." 모조 거북이 대답했다. "그런 다음에는 **과학의 네 분야인 소화, 중화, 대화,**

추화를 배워."

"추화라는 건 들어본 적이 없어요. 그게 뭔가요?" 앨리스가 물었다.

그리핀이 놀라서 두 앞발을 모두 들고 소리쳤다. "뭐라고! 추화를 못 들어봤다고? 미화가 뭔지는 알겠지?"

"네, 무언가를 더 아름답게 한다는 거잖아요." 앨리스가 머뭇거리며 말했다.

"그러면서 추화를 모른다면 너는 바보야." 그리핀이 말했다.

앨리스는 그것에 대해 더 질문할 용기가 나지 않아서 모조 거북을 보고 물었다. "그리고 또 뭘 배우셨나요?"

"신비학이 있었어." 모조 거북이 앞발로 과목을 하나씩 꼽으면서 대답했다. "고대 신비학과 현대 신비학, 해수욕학이 있고, 미술도 있었어. 미술 선생님은 붕장어였는데, 그분이 일주일에 한 번씩 와서 냉수채화, 삼세판화, 유들유들화도 가르쳐주셨어."

"유들유들화는 어떤 거였어요?" 앨리스가 말했다.

"나는 너무 뻣뻣해서 직접 보여줄 수 없어." 모조 거북이 말했다. "그리고 그리핀은 아예 배우지 않았어."

"시간이 없었어." 그리핀이 말했다. "대신 음악을 배웠지. 음악 선생님은 게였어."

"난 그분한테는 안 배웠어." 모조 거북이 한숨 쉬며 말했다. "그분은 웃기와 울기를 가르치셨다고 들었어."

"맞아, 그랬지." 이번엔 그리핀이 한숨을 쉬었다. 그리고 두 동물이 모두 앞발로 얼굴을 가렸다.

"그러면 하루에 수업은 몇 시간이었나요?" 앨리스가 화제를 바꾸려고 얼른 말했다.

"첫 날은 열 시간, 다음 날은 아홉 시간, 그런 식이었어." 모조 거북이 말했다.

"이상한 시간표네요!" 앨리스가 소리쳤다.

"그래서 수업이라고 하는 거야." 그리핀이 말했다. **"수가 하나씩 없어지니까."**

앨리스는 그런 이야기는 처음이라서 잠깐 생각해보고 말했다. "그러면 11일째는 학교를 쉬었겠네요."

"당연히 그랬지." 모조 거북이 말했다.

"그러면 12일째에는 어떻게 했나요?" 앨리스가 궁금해서 물었다.

"수업 이야기는 그만하자." 그리핀이 끼어들어서 이야기를 끊었다. "이제 애한테 카드리유 이야기를 해줘."

바닷가재 카드리유

모조 거북은 깊은 한숨을 쉬더니 한쪽 앞발로 두 눈을 가렸다. 그리고 앨리스를 보고 뭐라고 말을 하려고 했지만, 흐느낌 때문에 한동안 목소리가 나오지 않았다. "목에 가시가 걸린 거나 마찬가지 상황이야." 그리핀이 말하더니, 거북을 흔들고 등을 주먹으로 때렸다. 마침내 모조 거북은 목소리를 찾고는, 뺨에 눈물이 흘러내리게 두고 다시 이야기를 했다.

"너는 바다 밑에서 산 적이 별로 없을 테고……." ("아예 없어요." 앨리스가 말했다.) "바닷가재하고 인사를 나눈 적도 없을 테니……." (앨리스는 "먹기는 한 번……" 하다가 급히 말을 바꾸었다. "네, 없어요.") "바닷가재 카드리유가 얼마나 유쾌한 춤인지 모를 거야!"

"네, 몰라요. 어떤 춤인가요?" 앨리스가 말했다.

"먼저 바닷가에 한 줄로 서야 돼." 그리핀이 말했다.

"두 줄이야!" 모조 거북이 말했다. "물범, 거북, 연어, 기타 등등이 줄을 이루지. 그런 다음에 해파리를 모두 치우면……"

"그러는 데는 시간이 좀 걸려." 그리핀이 끼어들었다.

"앞으로 두 번……"

"파트너는 모두 바닷가재야!" 그리핀이 소리쳤다.

"물론이지." 모조 거북이 말했다. "앞으로 두 번 가고, 파트너를 마주보고……"

"바닷가재를 바꾸고, 같은 순서로 뒤로 움직이는 거야." 그리핀이 이어서 말했다.

"그런 다음에는 던져버려……" 모조 거북이 말했다.

"바닷가재를!" 그리핀이 소리치면서 공중으로 깡충 뛰었다.

"바다로 최대한 멀리……"

"그리고 뒤따라 헤엄쳐 가!" 그리핀이 소리쳤다.

"바다에서 공중제비를 넘어!" 모조 거북이 소리치며, 정신없이 뛰어다녔다.

"다시 바닷가재를 바꿔!" 그리핀이 소리쳤다.

"다시 육지로 돌아와. 이게 첫 번째 패턴이야." 모조 거북이 갑자기 목소리를 낮추고 말했다. 조금 전까지 미친 듯이 펄쩍펄쩍 뛰던 둘은 다시 슬픈 표정으로 조용히 앉아서 앨리스를 바라보았다.

"아주 예쁜 춤 같아요." 앨리스가 소심하게 말했다.

"보고 싶니?" 모조 거북이 물었다.

"네, 보고 싶어요." 앨리스가 대답했다.

"자, 첫 번째 패턴을 해보자!" 모조 거북이 그리핀에게 말했다. "바닷가재가 없어도 할 수 있어. 노래는 누가 할까?"

"네가 해야지. 난 가사를 잊었어." 그리핀이 말했다.

그래서 그들은 앨리스 주위를 빙글빙글 돌면서 엄숙하게 춤을 추었고, 이따금 앨리스 옆으로 가까이 지나가다가 발을 밟았다. 둘 다 박자를 맞추려고 앞발을 흔들었고, 모조 거북이 느리고 슬프게 이런 노래를 했다.

조금 빨리 걸을래? 민대구가 달팽이에게 말했다네.
돌고래가 뒤에 바짝 붙어서 내 꼬리를 밟고 있어.
바닷가재와 바다거북 모두가 열심히 가는 걸 봐!
모두 지붕 위에서 기다린다고. 너도 함께 춤을 출래?
춤을 출 거야, 말 거야? 출 거야, 말 거야? 출 거야, 말 거야?
춤을 출 거야, 말 거야? 출 거야, 말 거야? 출 거야, 말 거야?

저들이 우리를 집어 들어서 바닷가재와 함께 바다로 던지면
그게 얼마나 기분 좋은지 너는 모를 거야!

하지만 달팽이는 너무 멀어, 너무 멀다고! 대답하고
삐딱한 눈길을 보냈지…….
그리고 민대구에게 고맙다고 했지만,
춤을 추는 데는 안 끼었어.
춤을 추는 데는 안 끼었어, 못 끼었어, 안 끼었어, 못 끼었
어, 안 끼었어, 못 끼었어.
춤을 추는 데는 안 끼었어, 못 끼었어, 안 끼었어, 못 끼었
어, 안 끼었어, 못 끼었어.

우리가 얼마나 멀리 가든 무슨 상관이야?

민대구가 대꾸했어.

너도 알겠지만, 반대편에는 다른 해안이 있어.

영국에서 멀어지면 프랑스에 가까워지지…….

그러니 사랑하는 달팽이야, 무서워 말고 함께 춤을 추자.

춤을 출 거야, 말 거야? 출 거야, 말 거야? 출 거야, 말 거야?

춤을 출 거야, 말 거야? 출 거야, 말 거야? 출 거야, 말 거야?

"고마워요. 보기에 아주 즐거운 춤이네요." 앨리스는 춤이 마침내 끝난 것이 기뻐서 말했다. "그리고 민대구에 대한 별난 노래도 마음에 들어요!"

"아, 민대구는 당연히 본 적 있지?" 모조 거북이 말했다.

"네, 자주 봤어요. 식타……." 앨리스가 말하다가 얼른 입을 다물었다.

"식타가 어딘진 모르겠지만, 자주 봤다면 걔네가 어떤지도 알겠구나." 모조 거북이 말했다.

"조금 알아요." 앨리스가 생각에 잠겨서 대답했다. "몸을 동그랗게 말아서 꼬리를 입에 물고 있고, 온몸이 빵가루 투성이죠."

"빵가루 부분은 틀렸어." 모조 거북이 말했다. "바다에서 빵가루는 다 씻겨나가. 하지만 입에다 꼬리를 물고 있는 건 맞아 그 이유는……." 그러더니 모조 거북은 하품을 하고 눈을 감은 채 그리핀에게 말했다. "그 이유하고 기타 등등을 애한테 말해줘."

"그건 민대구가 바닷가재하고 같이 무도회에 가서 그래." 그리핀이 말했다. "춤출 때 민대구도 바다로 던지거든. 멀리까지 가서 떨어져야 하니까 입에다 꼬리를 무는 거야. 그래서 그걸 다시는 빼낼 수 없었지. 그게 전부야."

"고마워요. 재미있네요." 앨리스가 말했다. "전에는 민대구에 대해서 이렇게 많이 알지 못했어요."

"원한다면 더 말해줄 수도 있어. 왜 민대구라고 부르는지 아니?" 그리핀이 말했다.

"생각해본 적 없어요. **왜죠?**" 앨리스가 말했다.

"구두를 닦아서 그래." 그리핀이 아주 엄숙하게 말했다.

앨리스는 완전히 어리둥절해졌다. "**구두를 닦는다고요?**" 앨리스는 놀란 목소리로 되물었다.

"그래, 너네 구두는 뭘로 닦니? 뭘로 구두를 반짝거리게 만들어?" 그리핀이 물었다.

앨리스는 자기 구두를 내려다보고 잠시 생각한 뒤 대답했다. "구두약이죠."

"바닷속 구두는 민대구로 닦아. 이제 알았지." 그리핀이 나직하게 말했다.

"구두는 뭘로 만드는데요?" 앨리스는 호기심 가득한 목소리로 물었다.

"당연히 가자미와 장어로 만들지." 그리핀이 답답해하며 말했다. "새우한테 물어봐도 알려줄 거다."

"제가 노래 속의 민대구라면 **돌고래**에게 '비켜, 너랑 같이 있고 싶지 않아!' 하고 말했을 거예요." 앨리스가 아직도 노래를 생각하며 말했다.

"민대구에겐 돌고래가 있어야 돼." 모조 거북이 말했다. "현명한 물고기라면 어디를 가든 **돌고래**가 있어!"

"정말이에요?" 앨리스가 놀라서 물었다.

"당연하지." 모조 거북이 말했다. "물고기가 나한테 와서 여행을 간다고 하면 나는 항상 '이번 여행은 어떤 **돌고래**로 떠나는 거지?' 하고 물어."

"어떤 '**동기**'로 떠나냐고 말하는 거 아니에요?"

"**내 말은 내 말 그대로야.**" 모조 거북이 기분 나쁘다는 듯이 말했다. 그리고 그리핀이 덧붙였다. "이제 네 모험 이야기를 들어보자."

"제 모험 이야기는 오늘 아침부터 시작해야 해요." 앨리스가 약간 머뭇거리며 말했다. "어제로 돌아가서 이야기하는 건 소용없어요. 그때 저는 다른 사람이었으니까요."

"다 설명해봐." 모조 거북이 말했다.

"안 돼, 안 돼! 모험 얘기부터 해." 그리핀이 답답해하며 말했다. "설명에는 시간이 너무 많이 걸려."

앨리스는 하얀 토끼를 본 순간부터 자신이 겪은 모험을 이야기했다. 처음에는 두 동물이 양옆에 바짝 붙어서 눈을 크게 뜨고 입을 쫙 벌리고 있는 게 조금 불편했지만, 이야기를 할수록 용기가 생겼다. 거북과 그리핀이 조용히 듣는 가운데 앨리스는 애벌레에게 「늙으신 신부님」을 읊는데 말이 완전히 다르게 나온 부분까지 이야기했고, 모조 거북이 숨을 길게 들이쉬고 말했다. "아주 신기하군."

"최고로 신기해." 그리핀이 말했다.

"말이 다르게 나오다니!" 모조 거북이 생각에 잠겨서 말했다. "난 이제 얘가 무언가 낭송하는 걸 들어보고 싶어. 얘한테 한번 해보라고 해." 그리고 나서 모조 거북은 그리핀을 보았다. 마치 그리핀이 앨리스에게 어떤 영향을 미친다고 생각하는 것 같았다.

"일어나서 「게으름뱅이의 목소리」를 암송해봐." 그리핀이 말했다.

'동물들은 참 명령을 좋아해. 암송도 시키고!' 앨리스가 생각했다. '학교에 가는 게 차라리 낫겠어.' 하지만 앨리스는 일어나서 암송을 시작했는데, 머릿속에 바닷가재 카드리유 생각이 가득해서 스스로 무슨 말을 하는지도 알 수 없었고, 말은 완전히 멋대로 나왔다.

나는 들었네, 바닷가재의 말을.

넌 나를 너무 오래 구웠어. 머리에 설탕을 발라야겠어.

오리가 눈꺼풀로 그러는 것처럼, 바닷가재는 코로

벨트와 단추를 자르고, 발가락을 밖으로 벌리지.

모래가 모두 마르면, 바닷가재는 종다리처럼 즐거워.

그리고 상어처럼 듣기 싫은 목소리로 말할 거야.

하지만 파도가 높아지고 상어가 나타나면

바닷가재는 소심하고 덜덜 떠는 목소리를 낸다네.

"내가 어렸을 때 암송하던 것과는 다른데." 그리펀이 말
했다.

"난 처음 듣지만, 너무 말이 안 되는걸." 모조 거북이 말했다.

앨리스는 말없이 두 손에 얼굴을 묻고 앉아서, 앞으로 무슨 일이든 자연스럽게 일어나는 게 가능할까 생각했다.

"설명을 듣고 싶어." 모조 거북이 말했다.

"이 애는 설명 못 해." 그리핀이 급하게 말했다. "2절로 넘어가."

"하지만 발가락은 어떻게 해? 어떻게 코로 발가락을 벌려?" 모조 거북은 고집을 꺾지 않았다.

"댄스의 첫 번째 동작이에요." 앨리스가 말했지만, 모든 일이 너무 뒤죽박죽이라 그냥 다른 이야기를 하고 싶었다.

"2절로 넘어가." 그리핀이 짜증을 내며 말했다. "'그의 정원 앞을 지나가다'로 시작하잖아."

앨리스는 아무래도 엉망으로 나올 것 같았지만, 감히 그 말을 거역할 수 없어서 떨리는 목소리로 입을 열었다.

그의 정원 앞을 지나가다가 한쪽 눈으로 보았네.
올빼미와 표범이 함께 파이를 먹고 있는 모습을.
표범은 파이 껍질과 소스와 파이 속을 먹었고,
올빼미에게 남은 몫은 접시였네.
파이를 다 먹자, 올빼미는 선물로 너그럽게

숟가락을 챙겨갈 수 있었네.

표범은 으르렁거리며 칼과 포크를 받고

연회를 마쳤는데…….

"설명을 하지 않으면 그걸 다 암송하는 게 무슨 소용이
야?" 모조 거북이 끼어들었다. "이렇게 엉망진창인 건 들어
본 적이 없어!"

"그래, 그만두는 게 좋겠다." 그리핀이 말했고, 앨리스는
그 말이 기쁘기만 했다.

"바닷가재 카드리유의 다른 패턴을 연습해볼까?" 그리
핀이 다시 말했다. "아니면 모조 거북한테 노래를 한 곡 불러
달라고 할까?"

"아, 노래, 좋아요. 모조 거북 아저씨가 좋다면요." 앨리
스가 말했는데, 그 말투가 너무 열렬했는지 그리핀이 약간
기분 상한 듯한 말했다. "흠! 취향이란 참 다양하지 뭐야! 얘
한테 「거북 수프」를 불러줘, 친구."

모조 거북은 한숨을 깊이 쉬고 이따금 흐느끼는 목소리
로 노래를 했다.

아름다운 수프, 진하고 푸른 수프가

뜨거운 그릇에 담겨 기다리네!

이렇게 맛있는 음식을 누가 마다할까?

저녁의 수프, 아름다운 수프!

저녁의 수프, 아름다운 수프!

아아름다아운 수우우프!

아아름다아운 수우우프!

저어어녀억의 수우우프,

아름다운, 아름다운 수프!

아름다운 수프! 생선 요리나 고기 요리나

다른 요리를 누가 좋아해?

2펜스어치 아름다운 수프를 위해

가진 것 모두를 바치지 않을 자 누구?

2펜스어치 아름다운 수프를 위해?

아아름다아운 수우우프!

아아름다아운 수우우프!

저어어녀어억의 수우우프,

아름다운, 아름다아운 수프!

"다시 후렴!" 그리핀이 소리치고 모조 거북이 막 후렴을
시작한 순간, 멀리서 "재판 시작!" 하는 외침이 들렸다.

"가자!" 그리핀이 소리치더니, 앨리스의 손을 잡고 노래

142

가 끝나기도 전에 급하게 떠났다.

"무슨 재판이에요?" 앨리스가 헐떡이면서 물었다.

그리펀은 "가자!" 하는 말만 하고 속도를 더 올렸고, 등 뒤의 바람에 실려오는 구슬픈 목소리가 점점 희미해졌다.

저어어녀어억의 수우우프,

아름다운, 아름다운 수프!

누가 타르트를 훔쳤는가?

그들이 도착해보니 옥좌에 앉은 하트의 왕과 여왕 주변에 군중이 잔뜩 모여 있었다. 온갖 종류의 동물들뿐 아니라 카드들도 남김없이 와 있었다. 잭이 사슬에 묶인 채 앞에 섰는데, 양옆에 두 군인이 그를 잡고 있었다. 왕과 가까운 곳에 선 하얀 토끼는 한 손에 나팔을, 다른 손에 양피지를 들었다. 재판정 정중앙에는 탁자가 있고, 그 위에는 커다란 타르트 접시가 놓여 있었다. 타르트는 맛있어 보였고, 그것을 보니 앨리스는 배가 고파졌다.

'재판을 끝내고 먹을 걸 나눠줬으면!' 앨리스는 생각했다. 하지만 그럴 가능성은 없어 보여서 앨리스는 시간이나 때우려고 주변을 둘러보았다.

앨리스는 재판정에 가본 적은 없지만 책에서는 읽은 적이 있기 때문에, 그곳 풍경이 낯설지 않았다.

"저 사람은 판사야. 큰 가발을 썼으니까." 앨리스가 혼잣말을 했다.

그런데 판사는 왕이었다. 그는 가발 위에 왕관을 써서 별로 편안해 보이지 않았고, 어울리지도 않았다.

'저기가 배심원석이고, 저 열두 동물이 배심원일 거야.' 앨리스는 생각했다(그중에는 들짐승도 있고 날짐승도 있었다). 앨리스는 '배심원'이라고 속으로 두세 번 반복했다. 또래들 가운데 그 말을 아는 사람이 드물 것 같았고—그건 사실이었다—그래서 스스로가 자랑스러웠기 때문이다.

배심원 열둘은 모두 석판에 바쁘게 무언가를 쓰고 있었다. "저분들은 뭘 하는 거죠?" 앨리스가 그리핀에게 속삭여 물었다. "아직 적을 게 없잖아요. 재판을 시작하지 않았으니까."

"자기 이름을 적는 거야." 그리핀이 속삭였다. "재판이 끝나기 전에 잊어버릴까 봐."

"너무 멍청해!" 앨리스가 황당해서 큰 소리로 말했다가 얼른 입을 다물었다. 하얀 토끼가 "법정에서는 정숙하시오!" 하고 말한 데다, 왕이 누가 말했는지 보려고 안경을 쓰고 불안하게 주변을 둘러보았기 때문이다.

앨리스는 배심원들 등 뒤에 서 있기라도 하듯 그들이 석판에 "너무 멍청해!" 하고 쓴다는 걸 알 수 있었다. 심지어 한 배심원이 '멍청해'를 어떻게 쓰는지 몰라서 옆에 있는 배심원에게 묻는 모습도 보였다. '재판이 끝나기도 전에 석판이 엉망이 되겠네!' 앨리스가 생각했다.

한 배심원의 연필이 삑삑거리는 소리를 냈다. 앨리스는 그 소리를 참을 수 없어서 재판정을 빙글 돌아 배심원 뒤로 가서는 연필을 뺏었다. 앨리스가 어찌나 빨리 그 일을 했는지 불쌍한 배심원은(도마뱀 빌이었다) 어떻게 된 일인지 알지 못했다. 그래서 이리저리 찾아보다가 결국 손가락으로 쓰기로 했지만, 석판에 자국을 남기지 못하니 쓰나 마나였다.

"의전관, 기소 내용을 읽으라!" 왕이 말했다.

그러자 하얀 토끼가 나팔을 세 번 불고 양피지를 펼쳐서 읽었다.

하트의 여왕님이

어느 여름날 하루 내내 타르트를 만드셨는데

하트의 잭이 그 타르트들을 훔쳐서

다른 곳으로 가져갔다!

"평결을 준비하시오." 왕이 배심원들에게 말했다.

"아직, 아직은 아닙니다! 그전에 할 일이 아주 많습니다!" 토끼가 서둘러 말했다.

"증인을 부르시오." 왕이 말하자, 하얀 토끼가 나팔을 세 번 불고 소리쳤다. "첫 번째 증인!"

첫 번째 증인은 모자장이였다. 모자장이는 한 손에는 찻잔을, 다른 손에는 버터 바른 빵을 들고 왔다. "이걸 들고 들어와서 죄송합니다, 폐하. 하지만 티타임이 아직 안 끝났는데 부르셔서요."

"끝내고 왔어야지." 왕이 말했다. "언제 시작했느냐?"

모자장이가 3월 토끼를 보고 말했다(토끼는 겨울잠쥐와 팔짱을 끼고 모자장이를 따라 재판정에 들어와 있었다). "3월 14일이었던 것 같습니다."

"15일이야." 3월 토끼가 말했다.

"16일이야." 겨울잠쥐가 덧붙였다.

"적어라." 왕이 배심원단에 말했고, 배심원들은 세 날짜를 전부 석판에 열심히 받아 적고는 모두 더해서 몇 실링 몇 펜스인지 환산했다.

"네 모자를 벗어라." 왕이 모자장이에게 말했다.

"이건 제 모자가 아닙니다." 모자장이가 말했다.

"훔쳤구나!" 왕이 배심원들을 돌아보며 소리쳤고, 배심원들은 즉시 그 사실을 메모했다.

"파는 제품입니다." 모자장이가 설명했다. "제 모자는 하나도 없습니다. 저는 모자를 만들어 파는 사람이니까요."

이때 여왕이 안경을 쓰고 모자장이를 바라보자, 모자장이는 얼굴이 하얘져서 안절부절못했다.

"증거를 내놔라." 왕이 말했다. "그리고 떨지 말아라. 계속 떨면 즉석에서 처형해버릴 테다."

그 말이 증인의 마음을 편하게 해주는 것 같지는 않았다. 모자장이는 계속 왼발 오른발로 체중을 옮겨가며 불안하게 여왕을 바라보았고, 버터 바른 빵 대신 찻잔을 한 입 크게 베어물었다.

그때 앨리스는 이상한 감각을 느꼈다. 앨리스는 '왜 이런 느낌이 들지?' 하고 의아해하다가 마침내 이유를 알았다. 몸이 다시 커지고 있었다. 앨리스는 일어나서 재판정에서 나가야겠다고 생각했지만, 다시 생각해보고는 머물 만한 공간이 있을 때까지는 계속 있기로 했다.

"자꾸 밀지 마. 숨도 못 쉬겠다." 앨리스 옆자리의 겨울잠쥐가 말했다.

"나도 어쩔 수 없어요. 몸이 자라고 있어요." 앨리스가 힘없이 말했다.

"여기서 자라면 안 돼." 겨울잠쥐가 말했다.

"말도 안 되는 소리. 아저씨도 자라고 있잖아요." 앨리스가 조금 대담하게 말했다.

"맞아, 하지만 난 적당한 속도로 자라. 그렇게 어처구니없이 자라지 않아." 그리고 겨울잠쥐는 부루퉁한 얼굴로 일어나서 재판정의 다른 쪽으로 갔다.

겨울잠쥐가 재판정을 가로질러 가는 동안에도 내내 모자장이만을 보던 여왕이 재판정 관리 중 하나에게 말했다.

"마지막 음악회의 가수 명단을 가져와!" 그 말에 불쌍한 모자장이는 너무 떤 나머지 신발 두 짝이 모두 벗겨졌다.

"증거를 내놔라." 왕이 성을 내며 말했다. "안 그러면 네가 떨건 말건 처형하겠다."

"저는 불쌍한 남자입니다, 폐하." 모자장이가 떨리는 목소리로 입을 열었다. "티타임은 시작도 하지 못했고…… 일주일은 넘지 않았지만…… 버터 바른 빵도 너무 납작해지고…… 차도 반짝거려서……."

"뭐가 반짝거려?" 왕이 말했다.

"그건 차로 시작했습니다." 모자장이가 대답했다.

"물론 티타임은 차로 시작하지!" 왕이 차갑게 말했다. "나를 바보로 아느냐? 계속 말해봐라!"

"저는 불쌍한 남자입니다." 모자장이가 다시 말했다. "그 뒤로 대부분의 것이 반짝거렸고, 3월 토끼만이 말했습니다……."

"난 말 안 했어!" 3월 토끼가 다급하게 끼어들었다.

"했어!" 모자장이가 말했다.

"난 인정 못 해!" 3월 토끼가 말했다.

"상대가 반박하니 그 부분은 넘어가라." 왕이 말했다.

"어쨌든, 겨울잠쥐가 말하기를……." 모자장이가 겨울잠쥐도 자기 말에 반박할까 불안하게 둘러보았지만, 겨울잠쥐는 쿨쿨 자느라 아무것도 부인하지 않았다. "그 뒤로 저는 버터 바른 빵을 조금 더 가져다가……." 모자장이가 말을 이었다.

"겨울잠쥐는 뭐라고 말했죠?" 배심원 하나가 물었다.

"그건 기억이 안 납니다." 모자장이가 말했다.

"기억해내야 해. 안 그러면 처형하겠다." 왕이 말했다.

불쌍한 모자장이는 찻잔과 버터 바른 빵을 떨어뜨리고 바닥에 한쪽 무릎을 꿇으며 말했다. "저는 불쌍한 남자입니다, 폐하."

"네 말솜씨야말로 정말 불쌍하구나." 왕이 말했다.

여기서 기니피그 하나가 환성을 질렀다가 재판정 관리들에게 바로 제지당했다. (제지당했다는 말이 약간 강하니 어떻게 됐는지 설명해보자면, 관리들이 끈으로 입구를 조이는 커다란 삼베 자루를 가지고 와서 그 안에 기니피그를 머리부터 넣은 뒤 깔고 앉았다.)

'드디어 이 광경을 눈으로 봐서 기쁜걸.' 앨리스가 생각했다. '신문에서 재판 끝에 환호성이 일었지만 재판정 관리들에게 곧 제지당했다, 이런 기사를 아주 많이 읽었는데 이제야 그게 뭔지 알게 됐어.'

"아는 게 그것뿐이라면 내려가라." 왕이 말했다.

"내려갈 수가 없습니다. 저는 이미 바닥에 있습니다." 모자장이가 말했다.

"그러면 앉아라." 왕이 말했다.

여기서 다른 기니피그가 환호했다가 제지당했다.

'기니피그들이 조용해졌으니 이제 재판이 훨씬 잘 돌아갈 거야!' 앨리스가 생각했다.

"저는 티타임을 끝내고 싶어요." 모자장이가 걱정스런 얼굴로 여왕을 바라보며 말했지만, 여왕은 가수 명단을 보고 있었다.

"가도 좋다." 왕이 말했고, 모자장이는 신발도 신지 않고 허겁지겁 재판정을 떠났다.

"그냥 밖에서 그자의 목만 베." 여왕이 관리에게 말했지만, 모자장이는 관리가 문을 나서기도 전에 이미 보이지 않는 곳으로 사라지고 없었다.

"다음 증인을 불러!" 왕이 소리쳤다.

다음 증인은 공작의 요리사였다. 요리사는 후추통을 들고 들어왔고, 앨리스는 요리사를 보기 전부터 누가 들어오는지 알았다. 문가에 있는 이들이 일제히 재채기를 시작했기 때문이다.

"증거를 내놔라." 왕이 말했다.

"그럴 수 없습니다." 요리사가 말했다.

왕이 불안하게 하얀 토끼를 보자, 하얀 토끼가 낮은 목소리로 말했다. **"폐하께서 이 증인을 반대 신문하셔야 합니다."**

"그래, 해야 한다면, 해야지." 왕이 서글픈 기색으로 말하고 팔짱을 끼더니, 요리사를 보고 눈이 거의 보이지 않을 지경으로 인상을 쓴 채 낮은 목소리로 물었다. "타르트의 재료는 무엇이냐?"

"대부분 후추입니다." 요리사가 말했다.

"당밀이오." 뒤쪽에서 졸린 목소리가 말했다.

"겨울잠쥐를 체포하라!" 여왕이 소리를 질렀다. "겨울잠쥐의 목을 베어라! 겨울잠쥐를 재판정에서 추방하라! 제지하고 꼬집어라! **수염을 뽑아라!**"

한동안 재판정은 겨울잠쥐를 내보내느라 법석이었고, 모두 다시 자리에 앉고 보니 요리사는 사라지고 없었다.

"신경쓸 거 없어! 다음 증인을 불러." 왕이 안도한 기색으로 말하고는 여왕에게 나직하게 덧붙였다. "여보, 다음 증인은 당신이 신문해요. 나는 머리가 너무 아파요!"

하얀 토끼가 명단을 살피는 모습을 보던 앨리스는 다음 증언이 어떻게 될지 궁금해졌다. "아직 이렇다 할 증거가 없으니까." 앨리스는 혼잣말을 했다.

그런데 하얀 토끼가 날카로운 목소리로 **"앨리스!"** 하고 불렀으니, 앨리스가 얼마나 놀랐을지 상상해보라.

앨리스의 증언

"여기 있습니다." 앨리스가 소리쳤다. 앨리스는 깜짝 놀라서 자신이 지난 몇 분 동안 얼마나 컸는지 까맣게 잊고 있었다. 앨리스가 벌떡 일어서자 치맛자락에 배심원석이 뒤집혀서 배심원 전원이 아래쪽 방청석으로 떨어졌고, 그들이 거기 널 브러진 모습은 일주일 전에 앨리스가 실수로 금붕어 어항을 엎었을 때하고 아주 비슷했다.

"아, 죄송합니다!" 앨리스가 당황해서 소리치고, 배심원 들을 황급하게 주워 모았다. 머릿속에 어항 사건이 남아 있 어서, 그들을 얼른 배심원석에 돌려놓지 않으면 모두 죽고 말 것 같았다.

"재판을 진행하려면 배심원 전원이 제자리에 있어야 한 다." 왕이 근엄한 목소리로 말했다. "배심원 전원이." 그가 다 시 한번 강조하며 앨리스를 노려보았다.

앨리스는 배심원석을 살펴보았고, 자신이 서두르다가 거꾸로 놓은 도마뱀을 보았다. 도마뱀은 꼼짝도 하지 못하고 서글프게 꼬리만 흔들었다. 앨리스는 도마뱀을 다시 들어서 제대로 놓아주고는 중얼거렸다. "이게 무슨 큰 의미가 있을 것 같지는 않아. 어느 쪽이 위로 오든 재판에서는 쓰임새가 비슷할 거라고 봐."

사고의 충격을 어느 정도 극복하고 석판과 연필까지 찾아서 다시 잡자, 배심원들은 부지런히 사고 경위를 기록했다. 하지만 도마뱀은 너무 충격을 받아서인지 입을 벌리고 재판정 천장만 바라볼 뿐 다른 일은 할 수 없는 듯했다.

"이 일에 대해서 뭘 알고 있느냐?" 왕이 앨리스에게 물었다.

"저는 아무것도 몰라요." 앨리스가 대답했다.

"아무것도 모른다고?" 왕이 다시 물었다.

"네, 아무것도 몰라요." 앨리스가 말했다.

"그건 아주 중요해." 왕이 배심원들에게 말했다.

배심원들이 이 말을 석판에 적는데, 하얀 토끼가 끼어들었다. "폐하께서 하신 말씀은 물론 '안 중요하다'는 의미겠지요?" 토끼는 아주 점잖은 목소리였지만, 왕을 향해 험상궂게 인상을 쓰면서 말했다.

"물론 안 중요하다는 뜻이다." 왕이 서둘러 덧붙이고 낮은 목소리로 "중요하다…… 안 중요하다…… 중요하다…… 안 중요하다……" 하고 혼자 중얼거렸다. 마치 어떤 말이 더 듣기 좋은지 알아보려는 것 같았다.

배심원 일부는 '중요하다'고 적고 일부는 '안 중요하다'고 적었다. 앨리스는 배심원들의 석판이 잘 보이는 곳에 자리잡아서 알 수 있었다. '하지만 그건 전혀 중요하지 않아.'

앨리스는 생각했다.

그 순간 조금 전부터 수첩에 무언가를 바쁘게 적던 왕이 "조용!" 하고 소리치고 수첩을 읽었다. "규칙 42번. **키가 1.6킬로미터가 넘는 사람은 모두 법정을 떠난다.**"

모두가 앨리스를 바라보았다.

"제 키는 1.6킬로미터가 아니에요." 앨리스가 말했다.

"1.6킬로미터 맞아." 왕이 말했다.

"거의 그 두 배." 여왕이 덧붙였다.

"어쨌든 저는 안 나가요." 앨리스가 말했다. "거기다 그건 제대로 된 규칙도 아니에요. 지금 만들었잖아요."

"이건 **이 수첩에서 제일 오래된 규칙이야.**" 왕이 말했다.

"**그러면 규칙 1번 아닌가요?**" 앨리스가 말했다.

왕은 얼굴이 하얘지더니 얼른 수첩을 덮고, 낮게 떨리는 목소리로 배심원단에게 말했다. "평결을 준비하시오."

"아직 더 살펴야 할 증거가 있습니다, 폐하." 하얀 토끼가 펄쩍 뛰어오르면서 말했다. "방금 이 서류를 가져왔습니다."

"그 안에 뭐가 있지?" 여왕이 물었다.

"아직 열어보지 않았습니다." 하얀 토끼가 말했다. "하지만 피의자가 누군가에게 쓴 편지 같습니다."

"분명 그럴 것이다." 왕이 말했다. "그렇지 않다면, 아무에게도 쓰지 않은 거라는 건데 그런 일은 드물지."

"수신자가 누구죠?" 배심원 한 명이 물었다.

"수신자가 안 적혔어요." 하얀 토끼가 말했다. "사실 겉에는 글씨가 전혀 없어요." 토끼가 서류를 펼치고 덧붙였다. "편지가 아니라 시예요."

"피의자의 필체인가요?" 다른 배심원이 물었다.

"그렇지 않습니다. 그게 가장 이상한 점이에요." 하얀 토끼가 말했다. (배심원들은 모두 어리둥절한 표정이었다.)

"그자가 다른 사람 필체를 흉내낸 게 분명하다." 왕이 말했다. (배심원들의 얼굴이 다시 밝아졌다.)

"폐하, 저는 그것을 쓰지 않았습니다." 잭이 말했다. "제가 썼다는 증거도 없습니다. 끝에 제 서명도 없습니다."

"네 서명이 없으면 더 나쁘지." 왕이 말했다. "네가 장난을 쳤다는 뜻이니까. 그렇지 않다면 너는 정직하게 네 이름을 서명했을 테지."

그 말에 많은 이들이 박수를 쳤다. 그날 왕이 한 말 가운데 처음으로 재치 있는 말이었다.

"이자가 유죄라는 증거지." 여왕이 말했다.

"그건 아무 증거도 안 돼요! 시 내용이 뭔지도 아직 모르잖아요!" 앨리스가 말했다.

"시를 읽어라." 왕이 말했다.

하얀 토끼가 안경을 쓰고 물었다. "어디서부터 시작할까요, 폐하?"

"시작하는 데서부터 시작해서 끝까지 간 다음에 거기서 멈춰." 왕이 심각하게 말했다.

하얀 토끼가 읽은 시는 이랬다.

네가 그 여자에게 다녀왔다고 들었어.
그리고 그에게 내 이야기를 했다고.
여자는 내게 좋은 추천장을 써주었지만,
내가 헤엄을 못 친다고 말했지.

내가 떠나지 않았다는 걸 그가 그들에게 전했어.
(우리는 알아, 그게 사실인 걸)
그 여자가 이 일을 밀고 나가면
너는 어떻게 되는 걸까?

나는 여자에게 하나를 주고, 그들은 그에게 둘을 주었어.
너는 우리에게 셋 또는 그 이상을 주었어.
그들은 전에는 내 것이었지만,
이제 모두 그를 떠나 너에게 돌아갔어.

만약 나나 그 여자가 이 일에

휘말리게 된다면
그는 널 믿고 있어. 네가 그들을
우리처럼 풀어줄 거라고.

내 생각은 아무래도 네가
(여자가 주먹을 휘두르기 전에)
그와 우리와 그것 사이에
방해물이었던 것 같아.

그 여자가 그들을 가장 좋아했다는 걸
그가 모르게 해야 해.
그건 영원히 너하고 나만 알고
아무도 모르는 비밀이 돼야 해.

"여태껏 들은 것 중에 가장 중요한 증거로구나." 왕이 두 손을 비비며 말했다. "그러니 이제 배심원단이⋯⋯."

"여기 있는 분들 중 누구라도 그 의미를 설명할 수 있으면 제가 6펜스를 드리겠어요." 앨리스가 말했다. (지난 몇 분 동안 앨리스는 몸이 엄청나게 커져서 이렇게 왕의 말을 자르는 일도 두렵지 않았다.) "하지만 저는 그 글에는 의미가 한 톨도 없다고 생각해요."

배심원들은 열심히 석판에 적었다. '저 아이는 시에 의미가 한 톨도 없다고 한다.' 하지만 아무도 시를 설명하겠다고 하지 않았다.

"시에 의미가 없으면 수고할 필요가 없어지지." 왕이 말했다. "애써 그걸 찾을 필요가 없으니까. 하지만 모르겠다." 왕은 시를 무릎에 펼쳐놓고, 한쪽 눈으로 그들을 바라보며 말했다. "나는 아무래도 의미가 있는 것 같아. '내가 헤엄을 못 친다고 말했지' 헤엄칠 줄 모른다고? 할 수 있잖아?" 왕이 잭을 돌아보며 말했다.

하트의 잭은 슬프게 고개를 저으며 말했다. "그렇게 보이나요?" (사실 그럴 것 같지 않았다. 온몸이 종이였기 때문이다.)

"지금까지는 좋아." 왕이 이렇게 말하고, 계속 중얼중얼 시를 읽었다. "'우리는 알아, 그게 사실인 걸' 이건 당연히 배심원을 말해. '나는 여자에게 하나를 주고, 그들은 그에게 둘을 주었어' 그건 저자가 타르트를 가지고 한 일을 가리키는 게 분명해……."

"하지만 '이제 모두 그를 떠나 너에게 돌아갔어'라고 나오잖아요." 앨리스가 말했다.

"그래, 맞아!" 왕이 탁자 위의 타르트를 가리키며 승리감에 차서 말했다. "그보다 더 확실한 건 없어. 그런데 '여자가 주먹을 휘두르기 전에'라……. 당신은 주먹을 휘두른 적 없

지요?" 왕이 여왕에게 물었다.

"없어요!" 여왕이 발끈해서 말하면서 도마뱀에게 잉크 병을 던졌다. (불쌍한 빌은 손가락으로는 아무 흔적도 남지 않아서 석판에 아무것도 적지 않았는데, 이제 얼굴에 흘러내리는 잉크를 이용해서 허겁지겁 다시 기록을 시작했다. 잉크가 흘러내리는 동안에는.)

"그러면 당신에게 맞은 사람이 없다는 거잖아. 그 말은 당신한테 맞지 않아." 왕이 미소를 짓고 주변을 둘러보면서 말했다. 재판정에 싸늘한 침묵이 흘렀다.

"말장난을 한 거야!" 왕이 기분 상한 듯이 덧붙이자 모두가 웃었다. "배심원단은 평결을 준비하시오." 왕이 그날 들어 스무 번째쯤으로 그 말을 했다.

"아니에요!" 여왕이 말했다. "선고를 먼저 하고, 평결이 나중에 나와요."

"말도 안 돼요! 어떻게 선고를 먼저 하나요?" 앨리스가 큰 소리로 말했다.

"입 다물어!" 여왕의 얼굴이 거의 보라색이 되었다.

"싫어요!" 앨리스가 말했다.

"저 여자애 목을 베라!" 여왕이 목청 높이 소리쳤다. 아무도 움직이지 않았다.

"누가 그 말을 신경 써요?" 앨리스가 말했다(어느새 앨리스의 몸은 예전 크기로 돌아와 있었다). "당신은 겨우 트럼프 카드일 뿐이잖아요!"

그 말과 함께 카드들이 공중으로 날아오르더니, 앨리스에게 곤두박질쳐 내려왔다. 앨리스는 무섭기도 하고 화가 나기도 해서 짧은 비명을 지르며 카드들을 쳐내려고 했는데, 정신을 차려보니 언니의 무릎을 베고 강둑에 누워 있었다. 언니는 나무에서 앨리스의 얼굴로 떨어진 낙엽들을 떼어내고 있었다.

"일어나, 앨리스! 낮잠도 참 오래 자는구나!" 언니가 말했다.

"아, 정말 이상한 꿈을 꾸었어!" 앨리스는 이 책에 나오는 이상한 모험 이야기를 기억나는 대로 언니에게 들려주었다.

앨리스가 이야기를 마치자, 언니는 앨리스에게 입을 맞추고 말했다. "정말로 이상한 꿈이구나. 이제 얼른 차를 마시러 가자. 시간이 꽤 늦었어."

앨리스는 일어나 뛰어가면서 정말 멋진 꿈이었다고 생각했다.

하지만 앨리스가 떠날 때 언니는 그 자리에 앉아서 한 손에 고개를 댄 채 노을이 지는 것을 바라보며, 앨리스와 앨리스의 이상한 모험을 생각했다. 그러다 언니도 약간 꿈을 꾸었는데, 이것이 언니의 꿈이다.

처음에는 앨리스에 대한 꿈을 꾸었다. 다시 한번 앨리스의 작은 두 손이 언니의 무릎을 잡고, 초롱초롱한 두 눈이 언니의 눈을 바라보았다. 앨리스의 목소리를 생생히 들을 수 있었고, 눈을 자꾸 가리는 머리카락을 넘기려고 고개를 뒤로 젖히는 특이한 동작도 볼 수 있었다. 그리고 가만히 귀를 기울이니 갑자기 그곳 전체가 동생의 꿈속에 나온 이상한 생명체들로 가득 차는 것만 같았다.

발치의 긴 풀들이 하얀 토끼가 뛰는 대로 부스럭거렸고, 놀란 생쥐가 옆에 있는 물웅덩이를 첨벙거리며 지나갔다. 3월 토끼와 그 친구들이 끝없는 식사를 하며 찻잔을 달그락거리는 소리가 들렸고, 손님들의 처형을 명령하는 여왕의 날카로운 목소리, 돼지 아기가 공작의 무릎에서 재채기하는 소리, 그 옆에서 크고 작은 접시들이 깨지는 소리, 그리핀의 비명, 도마뱀이 석판에 연필을 긁는 소리, 제지당한 기니피그들의 숨막히는 소리가 공중을 채웠고, 멀리에서 들려오는 불쌍한 모조 거북의 흐느낌이 섞여 들었다.

그래서 언니는 눈을 감고 자신이 이상한 나라에 있다고 상상해보았다. 물론 눈은 곧 다시 떠야 하고, 그러면 모든 것이 지루한 현실로 변한다는 사실을 알았다. 풀잎은 바람에만 바스락거리고, 물웅덩이는 흔들리는 갈대에 물결치고, 찻잔

달그락거리는 소리는 양의 목에 건 방울 소리가 되고, 여왕의 날카로운 고함은 목동의 목소리가 되고, 아기의 재채기와 그리핀의 비명과 다른 기이한 소리는 모두 (분명히) 바쁜 농장의 혼란스런 소음으로 바뀔 것이다……. 그리고 멀리서 들리는 소 울음소리가 모조 거북의 무거운 흐느낌을 대신할 것이다.

　　마지막으로 언니는 어린 동생 앨리스가 나중에 어른이 되었을 때의 모습을 상상해보았다. 어른이 되어서도 내내 어린 시절처럼 소박하고 다정한 마음을 간직한 모습. 주변에 다른 아이들을 모아놓고 환상적인 이야기들로—어쩌면 오래전에 꾼 이상한 나라에 대한 꿈 이야기도 함께—아이들의 눈을 반짝이게 하는 모습, 그리고 자신의 어린 시절과 행복했던 여름날을 기억하며 아이들의 소박한 슬픔을 함께 느끼고, 소박한 기쁨을 함께 즐거워하는 모습을.

◆ 이상한 나라의 앨리스 ◆

Alice's Adventures in Wonderland

- **이름** 루이스 캐럴Lewis Carroll
- **출생일** 1832년 1월 27일
- **사망일** 1898년 1월 14일
- **국적** 영국
- **거주지** 주로 영국 옥스퍼드셔주

루이스 캐럴은 어떤 사람이었을까?

본명은 찰스 럿위지 도지슨Charles Lutwidge Dodgson으로, 루이스 캐럴은 필명이다. 루이스 캐럴은 영국 체셔 지방의 성직자 집안에서 태어났으며, 수학에 재능을 보여 옥스퍼드 대학에서 수학을 전공했고, 모교의 수학 교수가 되었다. 신학과 문학도 깊이 공부했다. 교수 이외에도 작가, 수학자, 사진가, 성공회 집사로 활동했다. 성직자 자격이 있었지만 내성적인 성격에 말을 더듬어 설교단에는 서지 않았다. 아주 엄격한 규칙으로 정한 일상을 고집스럽게 반복했는데, 모든 일상을 기록해 편지를 주고받았으며, 약 9만 9천 통의 편지를 보관했다고 알려져 있다. 루이스 캐럴은 작품 속 기발한 이야기들처럼 어린 시절부터 말장난과 인형극, 게임을 좋아했다. 또한 평생 독신으로 살면서 아이들을 즐겁게 해주기 위해 게임과 퍼즐을 고안하기도 했다. 옥스퍼드 크라이스트 처치에서 수학 교수로 재직하면서 1881년까지 학생들을 가르쳤고, 그곳에서 세상을 떠났다. 그의 묘지는 런던 근교의 서리에 마련되었다.

루이스 캐럴의 어린 시절은 어땠을까?

루이스 캐럴은 영국 체셔 지방의 작은 마을 데어스버리에서 열한 명의 남매 중 셋째로 태어났다. 어린 시절부터 책을 좋아했고, 온순하며 감수성이 풍부했다. 말을 더듬어 말수가 적었다. 일곱 살 때 『천로역정』을 읽을 정도로 총명했으며 수학과 논리학에서 두각을 드러냈다. 도지슨 가문은 대대로 성공회 성직자 집안이었고, 아버지로부터 매일 엄격한 기독교 교리 수업을 받아야만 했다. 루이스 캐럴도 1861년 성공회 성직자 서품을 받았다. 하지만 말을 더듬었기 때문에 설교하기를 두려워했다. 1850년 옥스퍼드 대학교 크라이스트처치에 입학해 계속 그곳에서 지냈다.

루이스 캐럴은 책을 쓰는 것 외에 어떤 일을 했을까?

루이스 캐럴은 아이들, 특히 여자아이들을 좋아했다. 옥스퍼드 대학교 학장 헨리 리델의 딸 앨리스 리델에게 매료되어, 앨리스 리델을 직접 그린 그림이나 촬영한 사진을 많이 남겼다. 루이스 캐럴은 뛰어난 수학자이자 아마추어 사진가이기도 했다.

평생 독신으로 살면서 아이들을 사랑했지만, 앨리스 리델에 대한 지나친 관심으로 리델 집안과 인연을 끊어야 했다.

루이스 캐럴은 어디에서 『이상한 나라의 앨리스』에 대한 아이디어를 얻었을까?

『이상한 나라의 앨리스』는 옥스퍼드 대학에 새로운 학장 헨리 리델이 부임해 오면서 시작되었다. 헨리 리델에게는 어린 딸들이 있었는데, 루이스 캐럴은 이 아이들과 특별한 우정을 쌓았다. 1862년 어느 날 루이스 캐럴은 헨리 리델의 딸 로리나, 앨리스, 에디스와 친구 더크워스와 함께 템스강으로 소풍을 나갔다가 아이들에게 이야기 하나를 들려주었다. 그 이야기가 바로 『이상한 나라의 앨리스』이다. 이야기를 모두 들은 앨리스가 책으로 써달라고 부탁하자 집에 돌아가 밤새 글을 썼다고 전해진다. 당시 완성한 이야기의 원본은 1864년 앨리스 리델에게 직접 선물했던 소장본 『땅속 나라의 앨리스』로, 이를 1865년 '루이스 캐럴'이라는 필명으로 개정판 『이상한 나라의 앨리스』를 정식 출간했다. 작품에서 앨리스가 모험을 시작한 첫날 다과회에서 말한 날짜는 앨리스 리델의 생일인 5월 4일이다. 이처럼 루이스 캐럴은 온전히 앨리스 리델에게 바치는 이야기로 동화를 구성했다.

『이상한 나라의 앨리스』가 처음 출간되었을 때 사람들의 반응은 어땠을까?

『이상한 나라의 앨리스』는 당시 교훈적인 다른 동화들과는 달리 유머와 모험이 가득했다. 출간 즉시 독자들의 사랑을 받았고, 오늘날 세계에서 가장 유명한 고전이 되었다. 환상적인 모험과 기발한 말장난, 영국 어린이들이 불러온 옛 노래들이 잘 녹아들어 어린이들에게 친숙하고 인기가 많았을 뿐만 아니라, 이야기 곳곳에서 사회를 풍자하고 있어 어른들도 흥미롭게 읽을 수 있었다. 이후 『거울 나라의 앨리스』까지 발표하며 '앨리스' 시리즈는 영국에서 가장 인기 있는 동화가 되었다.

오늘날에는 철학, 수학, 물리학, 심리학 등 사회 전반에 영향을 끼치는 작품으로 알려져 있으며, 현대의 초현실주의 문학과 부조리 문학의 선구적인 작품으로 간주된다. '앨리스' 시리즈는 난센스 문학의 전형이라고 볼 수 있다.

루이스 캐럴은 또 어떤 책을 썼을까?

루이스 캐럴은 1865년에 『이상한 나라의 앨리스』를 펴낸 이후, 1871년 후속작 『거울 나라의 앨리스』를 발표했다. 이 책은 150여 년이 넘도록 전 세계에서 꾸준한 사랑을 받았다. 루이스 캐럴은 이외에도 『실비와 브루노』, 『스나크 사냥』을 발표했다. 수학자로

서 발표한 『유클리드와 그 경쟁자Euclid and His Modern Rivals』와 같은 책들도 다수 있다. '앨리스' 시리즈만큼 많이 읽히지는 않았지만 루이스 캐럴의 모든 작품은 이후 작가들에게, 다른 장르의 예술가들에게 여전히 새로운 영감을 주고 있다.

『이상한 나라의 앨리스』의 원작 삽화가 존 테니얼은 어떤 사람이었을까?

존 테니얼은 『이솝우화』에 처음 삽화를 그려 큰 성공을 거두었다. 당시 사회를 풍자하는 잡지 《펀치》의 고정 일러스트레이터로 명성을 쌓았으며, 1864년 루이스 캐럴의 요청에 의해 『이상한 나라의 앨리스』와 『거울 나라의 앨리스』를 함께 작업했다. 이 두 권으로 어린이 문학에서 가장 뛰어난 삽화가라는 명성을 얻었다. 모조 거북이나 그리핀 같은 환상의 동물들을 마치 보고 그린 것처럼 실감나게 재현했다는 평을 받으며, 그처럼 이야기를 그림으로 잘 설명하는 화가는 없다고 알려져 있다. 루이스 캐럴의 까다로운 요구를 들어주느라 고생했다는 이야기도 전해진다. 존 테니얼은 캐럴과 8년 동안 작업한 이후에는 《펀치》의 삽화 작업에만 전념했다.

등장인물

◆ **하얀 토끼**

앨리스를 이상한 나라로 이끌었다. 조끼를 입고 시계를 갖고 다닌다. 소심하고 겁이 많고 허둥대지만 하인들에게는 곧잘 소리를 지른다. 체셔 고양이와 함께 작품을 대표하는 동물이다.

◆ **생쥐**

동물들의 지도자처럼 보인다. 몸이 커진 앨리스가 흘린 눈물 때문에 다른 동물들이 물에 흠뻑 젖자, 메마른 이야기를 들려줘 말리려고 한다.

◆ **도도새**

물에 젖은 앨리스와 동물들이 몸을 말릴 수 있도록 당 대회 경주를 제안한다. 코스를 그려 달리기를 시키는데, 비록 혼란스러웠지만 효과는 있었다. 혼자 너무 심각한 분위기를 풍겨 앨리스도 함부로 웃지 못한다.

◆ **애벌레**

대뜸 앨리스에게 누구인지 설명하라고 다그치는 거만하고 심드렁하고 불친절한 애벌레다. 버섯 위에 앉아 물 담배를 계속 피우고 있다. 앨리스에게 꼭 필요한 충고도 해주지만 계속 기분을 상하게 만든다.

◆ **공작**

괴팍하고 과격한 인물이다. 말 한 마디 한 마디에 교훈을 늘어놓는다. 하트 여왕의 따귀를 때려 사형 선고를 받았다. 존 테니얼은 역사상 가장 못생긴 공작을 모델로 그림을 그렸다고 한다.

◆ **체셔 고양이**

입이 귀에 걸리도록 웃는 고양이다. 어디서든 서서히 나타났다가 서서히 사라진다. 심지어 웃음만 남기고 사라지기도 한다. 하트 왕의 권위에 굴하지 않는 몇 안 되는 동물 중 하나다.

◆ **하트 여왕**

누구든 목을 베라고 명령하는 고집불통에 제멋대로인 여왕이다. 크로케 경기를 열지만 쉬지 않고 목을 베라고 명령해 엉망이 된다.

◆ **하트 왕**

여왕의 눈치를 많이 보는 왕이다. 여왕의 허락 없이는 무엇도 결정할 수 없다. 재판정에서는 판사 역할을 하지만 역시 여왕에게 의지한다.

◆ **하트 잭**

하트 여왕과 하트 왕의 충성스런 신하다. 여왕이 묻는 말에 제대로 답을 하지 못하고 미소만 짓는다. 나중에는 타르트를 훔쳤다는 죄를 뒤집어쓰고 피의자가 된다.

◆ **진홍앵무**

앨리스와 첫 대면에 나이로 다툰다. 앨리스에게 자신이 나이가 많고 아는 것도 더 많다고 으름장을 놓지만, 앨리스가 몇 살이냐고 묻자 대답하지 않는다.

◆ **그리핀**

그리핀은 독수리 머리와 사자 몸뚱이를 한 신화 속 괴물이다. 여왕의 명령으로 앨리스에게 모조 거북을 소개한다. 모조 거북과는 어렸을 때부터 알고 지낸 듯하다.

◆ **모조 거북**

항상 우울하고 슬프다. 무슨 이야기를 하든지 우느라고 말을 잇지 못한다. 하지만 이야기를 듣고 나면 그다지 슬픈 이야기가 아니다. 누구의 학교가 더 좋은지에 대해 앨리스와 실랑이를 벌인다.

◆ **도마뱀 빌**

앨리스가 몸이 커져 집 안에 갇혔을 때 하얀 토끼의 명령으로 집에 들어갔다가 앨리스의 발길에 차여 공중으로 날아간다. 이야기 내내 날아가고, 고꾸라져서 정신을 차리지 못하는 동물이다.

◆ **모자장이**

날짜만 표시되는 시계를 갖고 있어 앨리스를 놀라게 한다. 3월에 열린 하트 여왕의 음악회에서 일어난 사건으로, '시간'과 싸웠다. 그 뒤로 모자장이의 시간은 항상 여섯 시에 맞춰지게 된다. 티타임이 계속되는 탓에 잔을 씻지도 못하고 식탁 자리만 겨우 옮겨 다과회를 계속한다.

◆ **3월 토끼**

모자장이, 겨울잠쥐와 함께 정신 나간 다과회에 참석한 동물이다. 앨리스에게 계속 무언가를 권한다. 모자장이와 함께 잠든 겨울잠쥐를 찻주전자에 넣으려고 한다.

◆ **겨울잠쥐**

계속 잠에 든다. 옆에서 꼬집거나 깨우면 졸면서 이야기를 한다. 자면서도 다 듣고 있다고 주장하지만 맥락이 전혀 맞지 않는다. 잠결에 들려주는 세 자매 이야기도 앨리스가 끝내 이해하지 못한다.

옮긴이 **고정아**

연세대학교 영문학과를 졸업하고 전문 번역가로 활동하고 있다. 『순수의 시대』, 『하워즈 엔드』, 『전망 좋은 방』, 『오만과 편견』, 『히든 피겨스』, 『컬러 퍼플』, 『빨강 머리 앤』 등을 옮겼고, 『천국의 작은 새』로 2012년 6회 유영번역상을 받았다. 『엘 데포』, 『클래식 음악의 괴짜들』, 『손힐』, 『진짜 친구』 등 어린이 청소년 책도 다수 번역했다.

이상한 나라의 앨리스 _걸 클래식 컬렉션 II

펴낸날 초판 1쇄 2020년 5월 20일
　　　　초판 2쇄 2020년 6월 10일
지은이 루이스 캐럴
그린이 존 테니얼
옮긴이 고정아
펴낸이 이주애, 홍영완
편집 장종철, 양혜영, 백은영, 김송은, 오경은
교정교열 김소원
마케팅 진승빈, 김소연
표지 디자인 오이뮤(OIMU)
본문 디자인 김주연, 박아형
펴낸곳 (주)윌북　**출판등록** 제2006-000017호　**주소** 10881 경기도 파주시 회동길 209
전자우편 willbook@naver.com　**전화** 031-955-3777　**팩스** 031-955-3778
블로그 blog.naver.com/willbooks　**포스트** post.naver.com/willbooks
트위터 @onwillbooks　**인스타그램** @willbook_pub

ISBN 979-11-5581-270-9 (02840)　(CIP제어번호: CIP2020013087)
　　　　979-11-5581-268-6 (세트)

◆ 걸 클래식 컬렉션 Ⅰ ◆

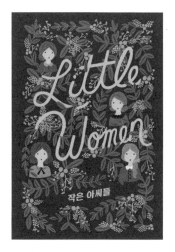

작은 아씨들

빨강 머리 앤

작은 공주 세라

하이디

• 대상: 12~13세부터

◆ 걸 클래식 컬렉션 II ◆

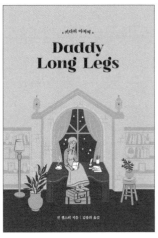

• 대상: 12~13세부터